龍族英雄

蒲牢 Púláo 暗黑深海的呼喚

作者：陳沛慈　繪者：楊雅嵐

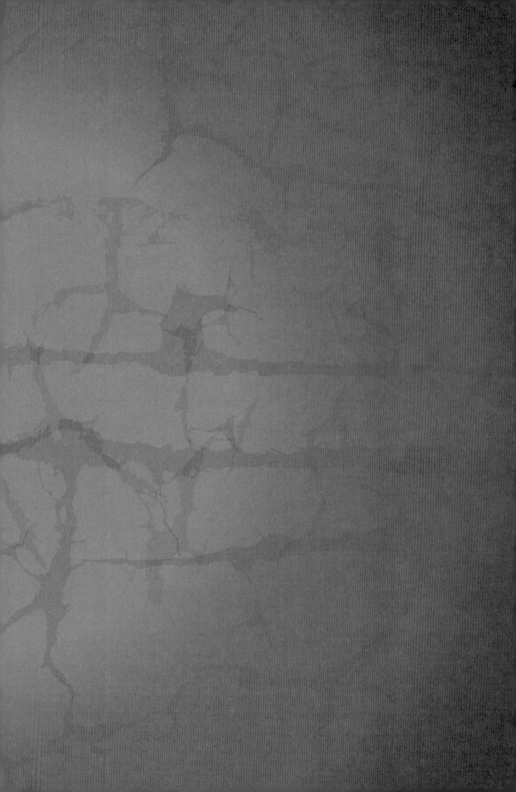

太白星君經過三千年的提煉，終於煉出最完美的仙丹。於是，他設宴邀請天上各路神仙到仙翁府慶祝。

龍王帶著龍皇子一行十人，到仙翁府道賀。宴席間，龍皇子們追逐嬉鬧，不慎撞倒了煉丹爐，又毀壞了太白仙翁收藏寶物的百寶櫃。

龍王一氣之下，將九位龍子打下凡間並沒收他們的神力，讓他們以小學五年級的學生身分，在凡間重新學習。

九位龍皇子必須一面修行，一面助人。每幫助凡人一次，便能依功勞的大小，恢復分量不等的神力，唯有將所有神力恢復，龍子才能返回龍宮。

蒲牢 Púláo

龍子小檔案

人名：樸勞
龍子排行：老三
能力：聲音宏亮悠遠
年齡：十一歲（實際年齡五百一十三歲，龍族中的青少年）
身高：138公分
體重：32公斤
身分：五年級小學生
個性：天真、喜歡吼叫、聲音很大

隨身道具

龍王呼 龍宮聯絡器

龍型玉佩 神力保存器

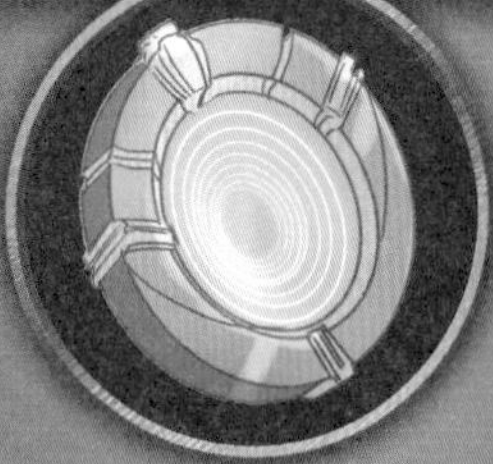

特殊道具

音波凝結強化器

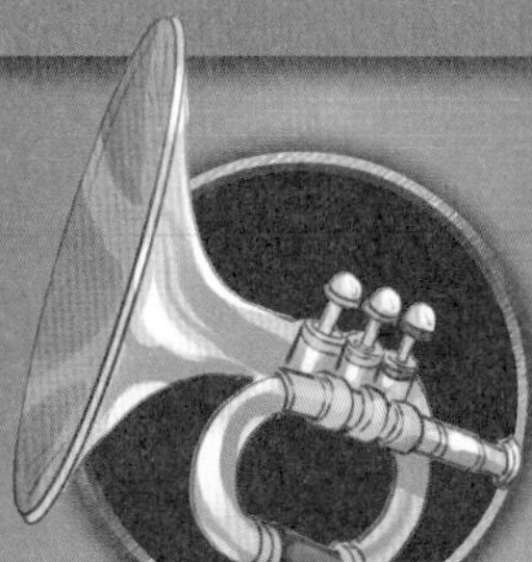

1

操場上，每道目光都投向五年二班。

司令臺上的主任，氣極敗壞的拿著麥克風喊著：「樸勞，閉上你的嘴巴，現在是朝會時間！」

樸勞沒聽見似的，依舊大聲唱著歌。每次只要大聲唱出這首龍族兒歌，就能讓樸勞心情愉快，好像回到在龍宮裡無拘無束的生活。

他記得那時候，總是和兄弟們一起四處冒險、一起玩耍打鬧，大家玩累了，就隨地或坐或躺、說說笑笑。大哥常在這時候對他說：「老三，唱首歌來聽聽吧。」

他的歌聲響徹雲霄，兄弟們總是跟著一起合唱，大夥兒愈唱愈大聲、愈唱愈高昂，不知道哪個兄弟曾說過：「聽蒲牢唱歌，再多的煩惱也會隨風飄散；跟著蒲牢一起唱，再大的困難也會迎刃而解。」

「真是一段令人懷念的歲月啊，我要趕快修煉完畢，和兄弟們一起過著快樂無憂的生活，誰想理這些沒有品味、不懂欣賞我歌聲的凡人嘛。」還唱著歌的樸勞想。

「樸勞、樸……」站在身邊的林美美忍不住推了他一把。

「美美，你幹麼推我？」樸勞一臉無辜的問。

林美美紅著臉、咬著牙，小聲的對樸勞說：「你不要再唱了……」

林美美話還沒講完，就看到吳老師從隊伍前面跑過來，一臉無奈的看著樸勞：「樸勞，剛才不是提醒過你嗎？怎麼又這樣？唉……」

「啊！對不起，對不起，老師，我一高興就又忘記了。」樸勞天真無邪的抱歉聲傳遍整個操場，許多學生忍不住「噗」的一聲笑了出來，更多人直接哈哈大笑起來，整個操場比剛才更混亂，演奏中的國歌，也因為樂隊同學笑彎了腰，變得五音不全。

「安靜！安靜！哪個班最吵就留下來跑操場加愛校服務一星期！」在主任的威脅下，吵雜的操場漸漸恢復安靜。

「林美美，你把樸勞帶去學務處！」主任下達最後一道命令。

林美美嘆了口氣，喃喃自語：「為什麼又是我……」

「我們一起去學務處吧。」樸勞伸手想牽林美美，卻被林美美甩開，「不要牽我啦！」

「為什麼不可以牽？為什麼？為什麼？」樸勞大聲的問。

林美美低著頭、皺著眉，拉著樸勞的外套，將他快速帶離操場。

「他們真是天生一對啊！」

「對啊，無腦與沒膽。」

「是喇叭嗓和芝麻膽，哈哈哈……」同學們私底下惡毒的取笑著他們。

「你都不覺得丟臉嗎？」林美美的淚珠在眼眶中打滾。

「讓大家笑，有什麼好丟臉？我是在幫助人、讓他們快樂耶。」樸勞不解的看著林美美。

「笑也分成好幾種……」林美美看到樸勞開心的模樣，到嘴邊的話又吞了回去。

樸勞才不在乎同學說什麼，只要看到大家的笑臉，他就感到興奮，因為幫助凡人、讓凡人快樂，就可以回收龍神力。

「美美，我們快點去學務處，這裡太陽好大，熱死了。」

樸勞快步的往學務處跑去，他急著想知道龍神力到底恢復了多少。

2

林美美離開後，樸勞獨自站在學務處的罰站圈裡，擴音器裡傳來老師們冗長的報告。樸勞覺得凡人的老師好煩人，總是管一些雞毛蒜皮的事。不過，現在再多的碎念都沒有影響他的好心情，他急忙掏出掛在脖子上的龍形玉佩。

玉佩灰撲撲的，還是只有原先那兩條細如髮絲的淡藍光，在玉佩裡死氣沉沉的游動著。

樸勞皺起眉頭，對著玉佩大罵：「什麼嘛！我不是讓很多人笑了？當初又沒講清楚，我怎麼知道要怎麼做才算幫助人？我又不像大哥，力氣大要幫人很容易，我只是聲音大，能怎麼幫人呢？」

樸勞埋怨的同時，龍形玉佩已在瞬間變成先進的智慧型手機。

一張熟悉的臉孔出現在螢幕上，「三少爺。」

「總管叔叔，好久不見，你怎麼有空打電話給我？是不是聽到我在抱怨？」樸勞馬上忘了剛才的不開心，對著螢幕又叫又跳。

「三少爺，你會不會太大

聲了點？可否稍微小聲一些，更適合在凡間修煉。」龍宮管家微笑的提醒樸勞。

「對喔。呵呵呵，我總是忘記要小聲一點。不過，等我神力一恢復，就不只這樣的音量了，哈哈哈……」樸勞抓抓頭，笑著問：「對了，你怎麼會現在跟我聯絡，有重要的事嗎？」

「三少爺，龍宮接到緊急通報，你所在的城市，有不尋常的音波出現。這種音波有傷害性，不曉得你有沒有感受到？」總管溫和有禮的問。

「音波？除了我自己唱歌的音波，並沒有發現其他奇怪的音波啊。」樸勞嘟著嘴回想。

「那就好。我會派人仔細調查。少爺如果發現任何異狀，請立刻通知我們。為了讓少爺方便與我們聯絡，原本只能接收訊息的龍王呼，也開放撥回龍宮的功能，請少爺謹慎利用。」

總管面無表情的念著說明書。

一念完說明書，總管將臉貼近螢幕，小聲說：「三少爺，容我提醒你：凡人的聽覺和我們龍族不一樣。祝你早日修煉成功。」

「這個我知道。有人來了，你快掛斷吧。」樸勞正準備將龍形玉佩塞進衣領時，總管急忙補充一句：「三少爺，恕我再多嘴一句：你要學會分辨凡人的善惡。並不是每張笑臉都是善意；而且罵你的人，也不一定都是惡意。」

樸勞點點頭，趕緊將龍形玉佩塞進衣領裡。

怒氣沖沖的主任正好走了進來，後面跟著一臉無奈的吳老師。

「樸勞，聽說你報名參加音樂比賽？」樸勞才剛從廁所出來，就被一群男同學擋住去路。

「對啊，主任要吳老師處罰我，吳老師說既然我那麼愛唱歌，就強迫我參加比賽。」樸勞對音樂比賽充滿期待。

「今年的比賽沒有個人賽。你的參賽夥伴該不會是林美美吧？」一個隔壁班的男孩不懷好意的問。

「你怎麼知道？」樸勞好奇的問。

「你們的隊名應該是『無敵笨蛋雙人組』！這次的比賽真是太令人期待了，哈哈哈……」一個男孩學樸勞的嗓音大叫，惹得其他人哈哈大笑。

樸勞忽然想起總管說的：「笑臉不一定是友善的。」

「不想理你們，讓開！」樸勞瞪著男孩們大叫。

這時，林美美從旁邊的女廁出來，她看了樸勞和男孩們一眼，想躲回廁所，卻被另一個男孩拉了出來。

「我想起來了，林美美剛轉學來的時候，只要一看到我們就會嚇得尿褲子，所以那時候，我們都叫她……」

「滴滴答！」男孩們不約而同的圍著林美美尖聲怪叫。

「美美，我們走，不要理他們！」看到林美美無聲的落下兩行淚水，樸勞氣極了，他推開身旁的男孩，想把林美美拉到身旁，卻被另一個男孩擋住。

「誰說你們可以走？先唱歌，唱得好才能離開！」擋住樸

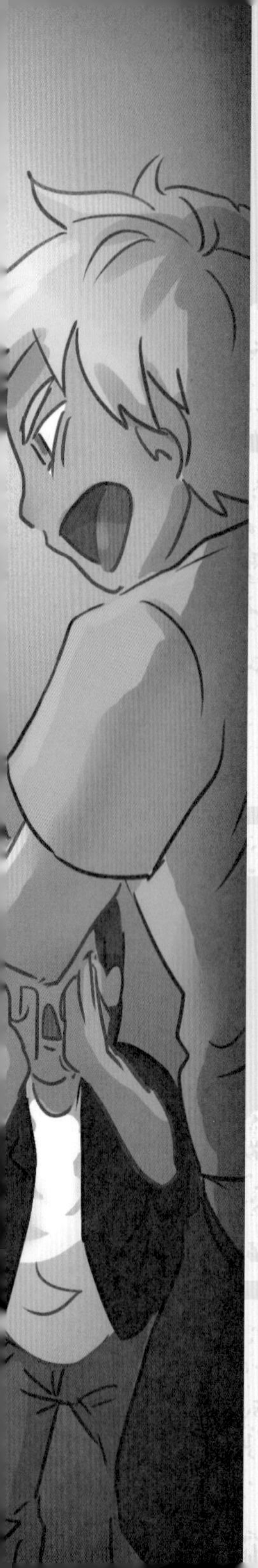

勞的男孩冷冷的說。

樸勞認識這個男孩，他叫羅戈。剛轉學來時，林美美曾偷偷指著羅戈對他說：「樸勞，你千萬不要和他衝突，更不要惹他生氣，因為羅戈很可怕。」

樸勞輕哼了一聲，低聲對著羅戈說：「我才不怕你。」

「不怕我？那就讓我教會你怎麼怕我。」羅戈握起拳頭朝樸勞的肚子揮去。

面對羅戈惡霸的行為，樸勞早有提防。他利用微弱的龍神力，強化身體的防禦和嗓音的聲量。羅戈的拳頭一碰觸到樸勞

的肚子，就像打在堅硬的石頭上，不僅破皮還流出血來。樸勞則彎下身軀、抱著肚子，發出淒厲響亮的哀嚎聲。

走廊上來往的學生，被樸勞的慘叫聲震懾住，幾秒鐘後才大夢初醒般跑向樸勞。許多學生和老師，從教室和辦公室蜂湧而出，大家驚慌失措的想知道發生了什麼大事。

「什麼事？怎麼了？」大家不停的問著。

「主任，羅戈打樸勞！」

「老師，老師你快出來，樸勞快被打死了。」

「護士阿姨，快來！樸勞流好多血。」

大家亂哄哄的呼叫，一堆沒有根據的消息傳來傳去，樸勞繼續假裝很痛苦的躺在地上。

「是我的手流血，不是樸勞！」羅戈大聲的抗議著，卻抵

不過眾人的指責。他的同伴早在老師到達前就已經逃之夭夭了。

羅戈像隻鬥敗的公雞，被主任揪著領子帶進學務處。

前往健康中心的路上，吳老師不停的指責樸勞，問他為什麼這麼笨，要和羅戈那群人發生爭執，可是他一點也不在意，因為他知道，這就是總管叔叔所說的：「罵你的人，不一定都是惡意。」

「幫我……幫我……幫我……」又是這個聲音，像收訊不良的收音機，斷斷續續的傳來。樸勞知道自己正在作夢，因為這星期他已經第三次來到這個夢境了。

漆黑中，樸勞朝著聲音前進，他打從心底感到害怕，根本不想往前走，但就是停不下來。前兩次，才往前走幾步，就嚇醒了。可是這次，他卻無法逼自己從夢中醒來。

「快醒來！你這個笨蛋，不要再往前走了！」樸勞不停的咒罵自己，雙腳卻依舊一步步往前。

一束光線從上方灑落，他終於看清楚夢中的自己正身處於

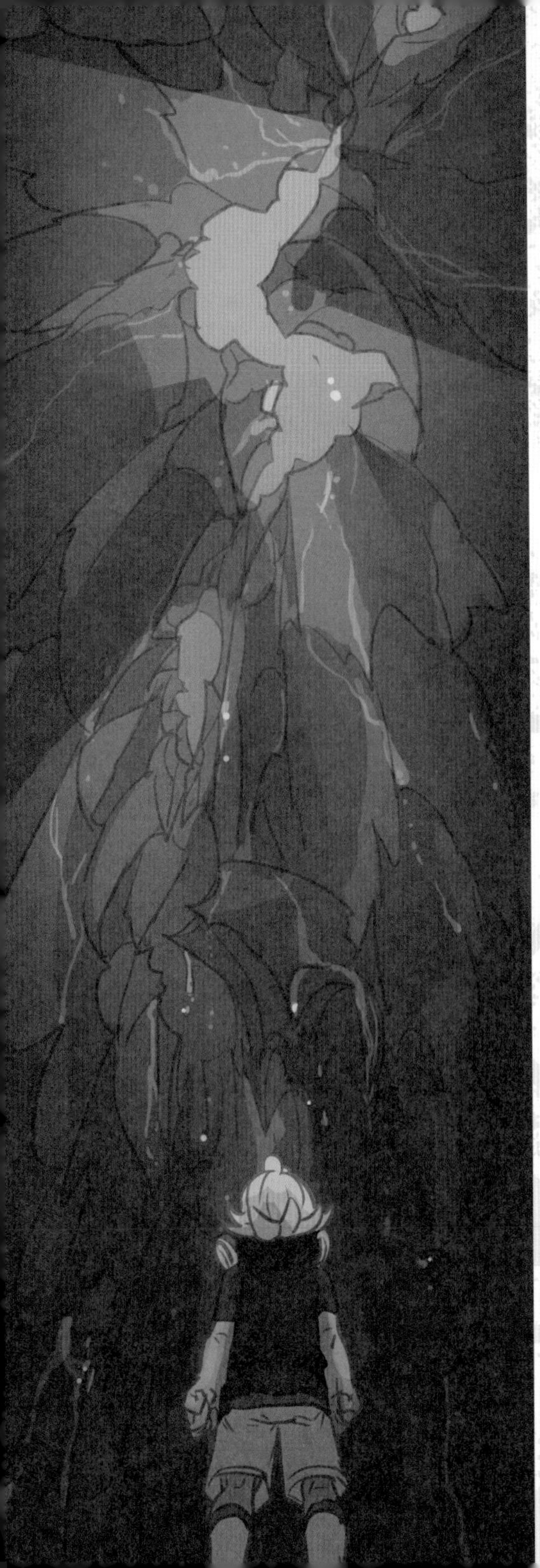

巨大的洞穴中，除了滴水聲外，還可以聽見遠方的海潮聲，「這裡是海邊的洞穴？」

樸勞被自己的想法嚇出一身雞皮疙瘩。

「你終於願意走過來了。」一個低沉的聲音在暗處響起。

樸勞努力的往暗處看，卻什麼也看不清，「你是誰？為什麼要找我？」

「你知道我是誰，找你是因為需要你的幫忙。」低沉的嗓音在洞穴中迴盪。

極度的恐懼，讓樸勞想轉身就跑、想放聲大叫，可是他卻只能站在原地不停的發抖，抖得話都說不清楚：「你是……是鯨……鯨王……」

「你不用擔心，我並不在這裡，只是將意念傳達給你而已。快去海洋公園，快去！蒲牢，一切就拜託你了。」

「啊！鯨魚！」樸勞在尖叫聲中驚醒。

他發現自己正坐在床上，衣服和床單全溼透了，而那個低沉的聲音，依舊不停的在樸勞腦中迴響著。

5

亮藍的天空和淺藍的海水，連成一片藍色的世界，清爽的海風讓初夏的週末早晨顯得美麗舒暢。

樸勞穿著球鞋，戴上耳機，沿著河堤慢跑。這個跑道是海洋公園專為慢跑者設立的。

海洋公園在這座城市美麗的海岸線上。五年前開幕以來，新穎的遊樂設施、難得一見的海洋生物和各類趣味的表演，讓海洋公園立刻成為當地著名的觀光景點，遊客總是絡繹不絕。

大汗淋漓的樸勞來到海洋公園前的廣場。廣場上大型噴水池裡，許多年幼的孩子正玩得不亦樂乎。樸勞想也不想，立刻

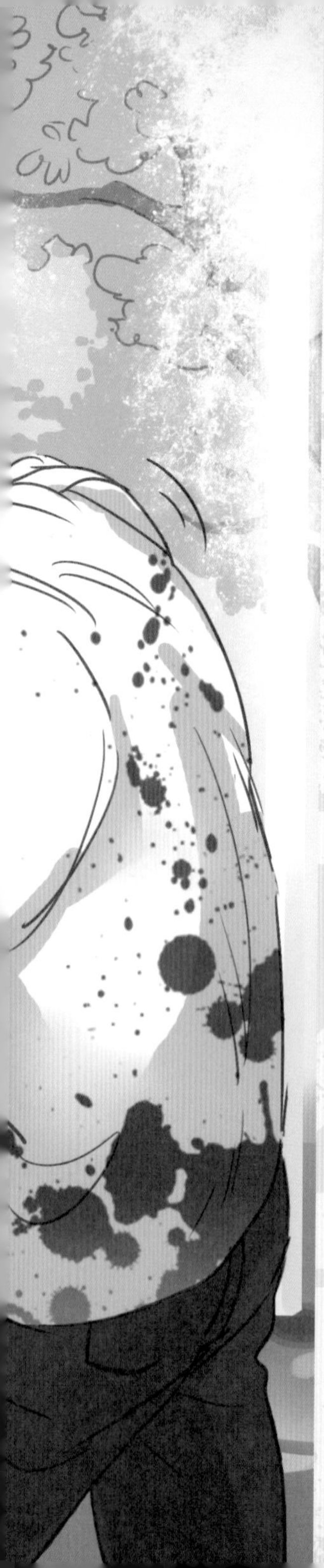

跳進噴水池，跟小孩子們打起水仗。

「嗶！嗶！嗶！」尖銳的哨音打斷他們的歡笑聲。

樸勞還沒搞清楚狀況，就被某人從水池裡拉出來，拖著往廣場另一側跑，直到躲進整排路樹後方才停了下來。

「快擦乾，管理員不會追到這裡來，你還真是童心未泯，呵呵呵……」一個溫和的聲音說著。

樸勞從毛巾裡探出頭，一個笑容有些熟悉的陌生男孩正對著他笑。

「你是誰？」

「先把頭髮擦乾，我有件上衣可以給你穿，不過大了點，褲子我就沒辦法了。」男孩丟了件上衣給樸勞。

「我認識你嗎？」樸勞又問。

「哈，我知道你是大名鼎鼎的樸勞，我是林壯壯。」大男孩指著另一棵樹說：「我是她哥哥。」

遠方的大樹後面，探出林美美清秀的臉龐，「沒事了，過來吧。」林壯壯招手叫著。

林美美紅著臉、低著頭，跑了過來。

「美美沒什麼朋友，我很擔心她。直到你轉學過來之後，她就不一樣了，回家以後話特別多：『哥，你知道嗎？樸勞那個笨蛋，今天又把朝會當演唱會了！』、『樸勞竟然不怕蛇，徒手就去抓，把老師嚇壞了。』、『那個樸勞笑死我了，說要跟我說個祕密，結果大聲到連隔壁班都聽得到！』你的名字我天天聽，還能不熟嗎？」林壯壯笑著說。

「啊！原來在美美的心中，我是個笨瓜啊。」樸勞的嘆息竟惹得林壯壯哈哈大笑。

林美美一走近，劈頭就罵：「你不知道那噴水池不能進去玩嗎？都五年級了，怎麼跟幼兒園的小朋友一樣，你不怕人家笑嗎？你不怕

被抓到嗎？」

樸勞從沒看過林美美這麼凶，瞪大了眼、張大了嘴，一時之間不知道該如何反應。

「你到底聽到沒？」林美美對著樸勞大叫。

「知道啦，知道啦，我再也不敢了。」樸勞對著林美美頻頻點頭，一臉受到驚嚇的模樣。

「美美，你怎麼對樸勞這麼凶？嚇死我了！」林壯壯也配合樸勞裝出驚訝的模樣。

林美美一張小臉漲得通紅，舉起手追打林壯壯：「哥！你好過分！人家音量控制不好，你還笑我……」

林壯壯邊躲邊笑，看到他們兄妹的互動，樸勞忽然好想念自己的兄弟們。

「你們也要去海洋公園嗎？」樸勞問林壯壯。

「我在海洋公園打工，今天經過老闆同意，想帶美美進去看看。你呢？」

「我爸媽今天整天都沒空，一早就給我錢，要我自己打發一天。」樸勞隨口說出昨晚電視劇裡一個小男孩的臺詞。

「太好了，我在海洋公園裡面的披薩店打工。你進來找我們，我請你吃披薩。」開朗的林壯壯帶著美美，從海洋公園旁的小門走進去。

樸勞忽然想起一件事，「壯哥，等一等！」

「怎麼了？有什麼事嗎？」兄妹倆一起回頭。

「我想問一下，海洋公園裡有沒有鯨魚？」樸勞說出「鯨魚」兩個字時，忍不住打了個冷顫。

「鯨魚？正式表演的沒看過，還在訓練的我就不清楚了，因為那是他們的商業機密。不過，海豚很多，最近來了一隻粉紅色的海豚特別出風頭。等會兒披薩店見！」林壯壯溫柔的拍拍美美的背，兩個人牽著手走進園區。

聽到海洋公園裡沒有鯨魚，樸勞大大的鬆了一口氣。昨晚的夢，到現在仍舊讓他精神緊繃。

蒲牢，龍王的第三個孩子，一向天不怕地不怕，就是怕鯨魚。既然海洋公園裡沒有鯨魚，他就可以大膽的好好調查一番了。

還沒到用餐時間，披薩店外冷冷清清。

美美和壯壯正在擺設擴音箱和麥克風，一看到樸勞便開心的向他招手。

「這麼快就來了。客人不多的時候，老闆答應讓我在這裡演唱，他說這樣可以順便招攬客人。在這裡演唱可以練膽子，還有小費可以拿。」林壯壯坐在椅子上調音，幾個路過的工作人員熱情的和他打招呼。

「阿壯，我晚點會帶女朋友來，你要幫我喔，記得……」

一個高壯的工作人員神祕兮兮的對著林壯壯眨眼。

「沒問題，我一定會努力讓雄哥得到幸福！」林壯壯誇張的表情，讓雄哥樂得合不攏嘴。

「幫忙？幫什麼忙？可以一起幫嗎？」樸勞一聽到有人需要幫忙，眼睛亮了起來。

「這種忙你應該沒辦法幫。因為……」林壯壯靠近樸勞小聲的說：「雄哥今晚要向他女友求婚，希望我唱他們的定情曲來製造氣氛。」

「原來唱歌也能幫助別人啊。」樸勞驚訝極了。

「我聽美美說，你要參加學校的音樂比賽，而且還把美美拉進去當夥伴？」林壯壯看著樸勞。

「因為要兩個人以上才能參加，我跟美美一樣，沒什麼朋友，而且美美對我最好了，一定不會拒絕我。」

「原來是這樣啊，美美回家很煩惱耶。」林壯壯看著坐在大遮陽傘下的林美美。

「我不會強迫她，她只要站在我的旁邊就好了。我會跟美美說清楚，不然她會一直擔心到比賽完畢吧。」樸勞想到美美擔心的模樣，忍不住對自己的魯莽感到抱歉。

「不，樸勞，我反而想拜託你，請你務必讓美美和你一起唱歌，如果可以，請你和她一起唱那首〈勇氣〉……」林壯壯似乎還想對樸勞說些什麼，但是一看到林美美走過來，立刻停止話題。

「哥，你跟樸勞在說什麼，我怎麼看到你的嘴型，一直在說美美、美美？」

「大人請饒命，小的絕沒有說美美大人的壞話。」林壯壯面對美美時，總是嘻皮笑臉。

林壯壯抓了抓頭，笑咪咪的對樸勞說：「你買票進來，不要坐在這裡。快帶美美去逛一逛。她在這裡，我沒辦法專心工作。快去玩吧！」

在林壯壯的催促下，樸勞和林美美一起往展覽區出發。

他們一路玩玩看看，並沒有發現任何可疑的地方。中午回到披薩店吃完午餐後，他和美美來到最受歡迎的海豚表演區。

舞臺中央是一個巨型的深水池，水池四周有大型玻璃當帷幕，讓觀眾可以清楚看到海豚在水中流暢穿梭的泳姿。

林美美興奮的看著海豚，「樸勞，你快看那隻粉紅色的海豚！好可愛喔，她一定是海豚公主。旁邊那隻大海豚是她的保鑣。」

水池裡有隻優雅的粉紅色海豚，而粉紅色海豚身旁跟著一隻體型特別大的銀色海豚，銀色海豚快速的在水池來回游著。

他們跟其他悠游戲水，偶爾頑皮的跳出水面，博得觀眾們掌聲的小海豚完全不同。

樸勞笑著對沉浸在童話幻想中的林美美說：「走，我們到玻璃前面，看得更清楚。」

樸勞一靠近玻璃牆，耳邊就響起斷斷續續的聲音：「你終於……來……快……疏散……人……來……不及……」

樸勞皺著眉，剛想弄清楚是誰想和他溝通，卻聽見林美美在自言自語：「爸爸跟我說過，海豚有時候喜歡惡作劇……」

海豚開始對著觀看的群眾潑水，並且一起發出尖叫聲。這樣的舉動，引來更多群眾的圍觀。

「海豚在跟我們玩耶。」

「海豚好可愛喔。」

ROCK

「哈哈，他們可能想玩打水仗吧。」

樸勞趁機退出人群，站在觀眾席上方，暗地裡將最後一絲龍神力輸入體內。

一得到龍神力，他立刻清楚的聽見：「怎麼這麼晚才來？來不及了，等一下我們要在這個表演場地，施放試驗音波，你最好快點疏散人群，不然就糟了。請相信我！快點！」

雖然樸勞不知道什麼是試驗音波，也不知道這種音波會產生什麼影響，但是他就是相信那隻正盯著他瞧的粉紅色海豚。

他深吸一口氣，將龍氣運到丹田，再由丹田衝向聲帶，模仿管理員的聲音朝著人群大喊：「各位來賓，這場表演因故臨時取消，請儘快離開現場。」

一開始，沒有人理會樸勞，遊客們依舊興致勃勃的看著海豚拍水跳躍，即使被潑得全身溼透，還是樂得又叫又跳。

樸勞再次提高聲量，用盡最後一絲龍神力大聲叫道：「各位來賓，請立刻離開海豚，牠們已經證實得到某種傳染病。」

海豚們似乎為了配合樸勞，開始發了狂似的猛烈撞擊玻璃帷幕。

「這些海豚怎麼了？」

「看起來有點恐怖。」

「剛剛是不是有廣播說他們得到傳染病？」耳語像顆小石子，投進人們的心中，疑惑如同漣漪般一圈圈向外擴散。

人們臉上的笑容逐漸消失，當有人開始往後退開時，恐懼的情緒便在人群中炸了開來，大家爭先恐後的想往後逃離。

樸勞看到林美美回頭張望好幾次，慌張的眼神不停的四處

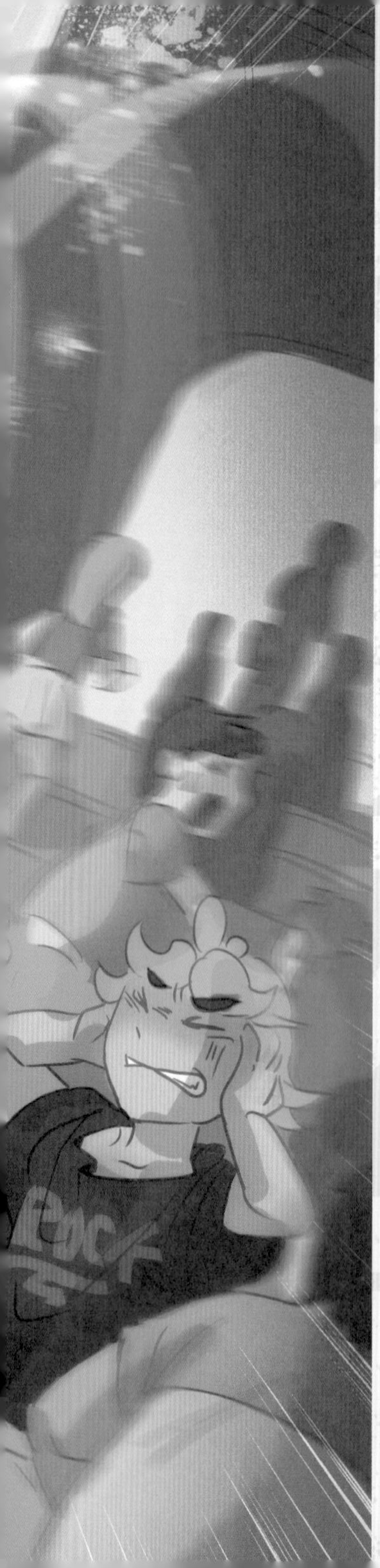

搜索。最後抵擋不住人潮，跟著被擠出表演場地。

「謝謝你。週一晚上來找我，在後面的飼養槽，我會向你解釋一切……」粉紅色海豚的話還沒說完，一陣強烈的音波傳來。

由於沒有龍神力的保護，樸勞被震得眼冒金星，只能連滾帶爬，狼狽的逃離表演區。離開之前，他發現所有海豚的眼睛全變成血紅色，連粉紅色海豚也不例外。

不明音波來襲，海洋公園陷入恐慌！

本周日下午，不明因素導致海洋公園裡上千名遊客瘋狂逃離，幸好只有數人擦傷。另有數十名在海豚館等待表演的遊客，聲稱聽到莫名音波，引起頭部劇烈疼痛和暈眩，目前仍住院觀察中。

警方已著手調查是否有人在廣播系統上動手腳，或是另有其他原因。

根據當天在場的遊客指出，確實看到海豚出現不正常的行為；也有人將當天的照片傳至社群網站，照片裡動物的眼睛皆呈現血紅色。不過，經專家鑑定後認為，紅眼睛應是相機未設定消除紅眼裝置所造成的效果。

隨後海洋公園鄭重聲明：「園內每隻動物都十分健康，也受到妥善的照顧，並沒有任何傳染病。」

警方已召集數位知名海洋動物學家，進行調查。

樸勞把報紙往旁邊一丟，掏出龍形玉佩。那塊原本灰撲撲的龍形玉佩，在他從海洋公園回家後，忽然光芒四射，瞬間冒出數十條黃色光芒，看起來真是令人心曠神怡。

「才疏散一次人潮，就可以得到這麼多神力。如果完成這個任務，一定能立刻風光回龍宮。」

樸勞開心的將布滿淡藍色光芒的龍形玉佩貼在嘴邊，吹了一口龍氣，用龍族語輕聲的說了一句：「呼叫雲端資訊室。」

玉佩立刻變成最新型的智慧型手機。

「龍王府資訊組，請問您是哪位？」手機裡傳出龍族語。

「蒲牢。」

「請說出專屬密語。」

「樸質無華，牢不可破。」樸勞用龍族語大聲回答。

「三少爺好，屬下編號〇五二四，馬上為你轉接總管。」

不一會兒，螢幕上出現總管的面孔：「三少爺，早！」

「總管早。上次你問我有沒有發現奇怪的音波，對吧？」

樸勞一邊吃著他最愛的燒餅一邊說。

「三少爺，這件事我原本想等晚點再通知你，既然你已經打來了，我就現在向你報告。這個任務龍王已經改派其他人處理了，請你不需要再為此事煩心。」總管的話，引起樸勞極度不滿，火氣一下子就冒了上來。

「什麼意思？什麼叫做不需要為此事煩心？當初是你要我去調查，我也已經著手調查了，還被音波攻擊差點昏倒，你現在卻要我停止？」樸勞氣得大吼，他特有的聲波將桌上的玻璃杯震得嘎嘎亂響。

「什麼？三少爺，你被音波攻擊？什麼時候的事？為什麼資訊室沒有回報給我！」聽到樸勞被攻擊，總管臉色頓時變得嚴肅又冷酷，他指示身旁的資訊員：「現在立刻查出，昨天是誰執勤，把值勤的資訊員全部抓起來，等候我的調查。」

「總管叔叔，我沒事，你不用太擔心，也不要太為難那些資訊人員。」

「三少爺，沒想到你才下凡修煉短短幾個月，就變得如此成熟，竟然要我寬恕下人。但是請原諒我無法照辦，這是我身為總管的職責所在，如果不好好……」總管臉上的表情，一下子感動、一下子氣憤，與原本總是面無表情的總管判若兩人。

「你不要轉移話題，這個任務我是不會放手的！」樸勞刻意壓低聲量，但是由於太過氣憤，聲音抖得很厲害。

「這是龍王決定的事，請三少爺不要為難屬下。」總管沒等樸勞的回應，「而且這一切的考量，都是為了三少爺好。」

「你老實告訴我，這個任務重不重要？」

「當然重要，而且十分緊急。如果不好好處理，整座城市都有危險。」總管表情嚴肅的點點頭。

「如果我順利完成這個任務，是不是可以結束修煉，立刻返回龍宮？和大哥贔屭一樣？」樸勞問。

「只要能完成這個任務，不僅可以立刻返回龍宮，而且還是大功一件。大少爺雖然還留在凡間，不過只要他願意，隨時都可以返回龍宮。」總管回答時，露出欣慰的微笑。

「既然這樣，我也想跟大哥一樣。」樸勞把臉逼近手機螢幕，小聲的說完後，深深吸飽一口氣、漲紅了臉，對著螢幕大叫：「不准讓別人接手！這是我的任務！你要是敢派別人來，我會立刻把他踢回去！」

「可是，龍王……」

「我不管，這個任務我要定了！不要再說了，快去幫我說服我老爸！」樸勞不給總管回絕的機會，馬上將電話變回龍形玉佩丟進背包，氣呼呼的衝出家門。

為了省去不必要的麻煩，樸勞化身成青少年，一整天在海洋公園裡閒逛。受到昨天海豚事件的影響，遊客減少了許多，整個海洋公園顯得有些冷清。

他觀賞了好幾部有關海洋生態的介紹影片，也欣賞了有趣的海狗表演，還看了呆呆的企鵝遊行，可是離關園的時間還很久。於是，他決定先到海豚表演場去瞧瞧。

海豚館外掛著公告，牌子上寫著「今日表演取消」。但他卻聽見海豚表演場地裡傳出笑鬧聲。

「反正沒事做，去耗點時間也好。」樸勞從觀眾區的後方溜了進去。

一群男孩正站在座位區，朝著深水池丟石頭，幾隻小海豚在水池中來回快速游著，不停的發出尖叫，彷彿正在向男孩們抗議。

「耶，我又丟中一次！那隻小的超笨，哈哈哈哈。」樸勞認出這個討厭的聲音，是上次想欺負他的羅戈。

「羅戈老大，你真厲害，海豚游這麼快，都躲不過你的魔掌啊。」其他人立刻附和，「對啊，我們老大最厲害了。」

「哈哈哈哈，我們看誰能先把海豚打到受傷，誰就是今天的冠軍。開始吧！」羅戈滿臉得意，又將一顆石頭瞄準小海豚丟出。

「真可惡，看我怎麼教訓你。」樸勞隨手在座椅上抓了隻

蒼蠅，用龍族語對蒼蠅說：「開你眼、通我心、為我傳話不要停、保你一生飽食無虞。」

蒼蠅似乎有了智慧，穩穩的站在樸勞手掌心，睜大眼睛看著樸勞。樸勞對著蒼蠅說：「把這些話傳給那個帶頭的孩子：『羅戈，你要是敢再欺負任何人和動物，我會十倍、百倍還給你，不信試試看。我會一直盯著你！』如果你的同伴願意幫我傳話，我的祝福一樣有效，直到第一千隻蒼蠅為止。快去！」

樸勞說完後，蒼蠅並沒有立刻飛向羅戈，而是飛向附近座位上的另外兩隻蒼蠅。沒多久，其中兩隻蒼蠅飛向羅戈，另一隻蒼蠅飛向其他的蒼蠅。

「呵，沒想到這些蒼蠅蠻聰明的嘛。」樸勞坐在觀眾席的最後一排。

原本正與高采烈準備扔石頭的羅戈，手忽然停在半空中，不停左右張望，「誰？誰在跟我說話？」

「老大，我們沒有人說話，我們是在幫你歡呼。」一個男孩露出討好的笑臉。

「煩死了，從現在開始，誰都不准出聲！」羅戈正準備再丟石頭時，五六隻蒼蠅飛到他頭頂盤旋。

「是誰？誰在叫我？誰在跟我說話？出來！」羅戈氣呼呼的大叫，其他同伴驚慌的看著他。

「老大，你怎麼了？你要誰出來？」一個男孩想要靠近羅戈，卻被羅戈喝斥：「你不准過來！剛剛是不是你？你竟敢威脅我？我才不怕，我才不怕！」

羅戈發瘋似的大吼大叫，將手中的石頭一顆顆使勁的往海豚池裡扔。

「我就是喜歡欺負人，看你能拿我怎樣？」羅戈一邊丟石頭，一邊胡亂吼叫。

樸勞搖搖頭，嘆了口氣：「真是不見棺材不掉淚，就讓你看看，我能拿你怎麼樣。」

樸勞對著水池裡的石頭，施下「物歸原主」咒，咒語一說完，小石頭立刻從水底衝向男孩們。

他們先是一陣慌亂閃躲石子，接著尖叫聲連連：「有鬼，有鬼，這裡一定有鬼！」

看著羅戈一群人連滾帶爬，跑出表演區，樸勞心滿意足的跟在後面緩緩離開。

廣 告 回 函
臺灣北區郵政管理局登記證第 14437 號
免 貼 郵 票

讀書共和國
BOOK REPUBLIC www.bookrep.com.tw

23141 新北市新店區民權路 108-2 號 9 樓

遠足文化事業股份有限公司　收

Little Bear Books 小熊出版

姓名：

E-mail：

地址：□□□□□

電話：（O）　　（H）

傳真：　　手機：

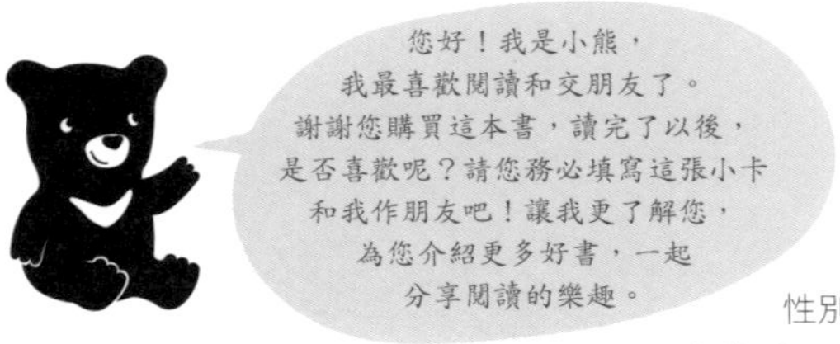
您好！我是小熊，
我最喜歡閱讀和交朋友了。
謝謝您購買這本書，讀完了以後，
是否喜歡呢？請您務必填寫這張小卡
和我作朋友吧！讓我更了解您，
為您介紹更多好書，一起
分享閱讀的樂趣。

小熊出版・讀者回函卡

1. 購買書名：＿＿＿＿＿＿＿＿

購自：□書店　□網路　□書展　□其他＿＿＿＿

2. 姓名：＿＿＿＿＿＿　年齡：＿＿＿歲

性別：□男　□女　出生日期：＿＿＿年＿＿＿月＿＿＿日

子女情形：□無　□子女＿＿＿人（年齡＿＿＿＿歲）

3. 職業：□製造業　□資訊科技業　□金融業　□服務業　□醫療保健　□傳播出版　□軍公教／若為教師，任教學校＿＿＿＿＿＿　□學生，就讀學校＿＿＿＿＿＿　□家管　□其他＿＿＿＿

4. 您在哪裡得知本書的訊息？（可複選）□書店　□網路　□電子報　□報紙雜誌　□廣播電視　□讀書會　□書展　□圖書館　□親友、老師推薦　□同學推薦　□故事志工推薦　□其他＿＿＿＿

5. 閱讀後，您對本書的評價：（請填寫編號 1 非常滿意 2 滿意 3 普通 4 不滿意 5 非常不滿意）□書名　□封面設計　□內容　□文筆　□價格　□字體大小　□版面編排　□插圖品質。不滿意說明：＿＿＿＿

6. 您通常如何購書？□書店　□網站　□學校團購　□書訊郵購　□大賣場　□郵購或劃撥　□參加活動

7. 您希望小熊出版社出版哪一種主題的兒童、青少年叢書？（可複選）□幼兒啟蒙　□圖畫書　□童話　□兒童小說　□青少年小說　□藝術人文　□歷史故事與傳記　□中外經典名著　□自然科學與環境教育　□其他＿＿＿＿

8. 您想給本書或小熊出版社的一句話是：

＿＿＿＿＿＿＿＿＿＿＿＿＿＿＿＿

＿＿＿＿＿＿＿＿＿＿＿＿＿＿＿＿

讀書共和國出版集團網路書店：www.bookrep.com.tw　facebook 小熊出版社
客戶服務專線：02-22181417　客戶服務信箱：littlebear@bookrep.com.tw

Little Bear Books
Read for Fun!

11

樸勞逛遍了整座海洋公園，最後，還是來到林壯壯打工的披薩店，點了杯飲料，坐在露天座位上聽林壯壯的夜間表演。

「阿壯，美美今天沒來啊？」一個穿著泳褲，全身溼漉漉的男人朝著櫃檯大叫：「老闆，先來一杯超大杯的冰咖啡！冰塊多一點，天啊，才幾月就熱成這樣。」

「柯叔叔，美美今天要回診。」壯壯一邊彈著吉他，一邊小聲的回覆。

「你怎麼沒請假陪她去？」

「我早上也是這麼問阿壯，他說美美想試著自己去，讓他過來打工。他們兄妹倆就是這麼好強，讓我們想幫忙都無從著手。」端出咖啡的老闆，幫壯壯回答。

「李伯伯，千萬別這麼說，要不是各位叔叔伯伯的幫忙，我們兄妹不會有這麼好的日子。」林壯壯笑著對老闆說。

「別這麼說，你爸是我的恩師，要不是他，我哪有辦法跟海豚溝通？更別說要訓練他們了。如果他還在，今天我就不會這麼累啦。」柯叔叔大口喝冰咖啡，完全不在乎坐在鄰座的樸勞，繼續大聲對林壯壯說：「不是我要說你們那票親戚，真是豺狼虎豹……你爸媽勤奮節儉這麼多年，不就是希望給你們兄妹過好日子？你爸總是對我們這群同事說，他一個粗人，能娶到你媽是修了八百輩子的福分。你們兄妹又遺傳到你媽媽的音樂才華，是他想都想不到的恩惠，他一定要好好栽培你們……

現在可好了，錢全給他們吞了，你們……唉，這麼辛苦。」男人又大口喝了一口咖啡，不再說話。

「你們不用擔心，再過幾個月，我就滿十八歲了。到時候我會盡所有能力，讓妹妹過好日子。」樸勞從林壯壯的笑容裡，看到一閃即逝的不確定。

「好了，不說了，我要去忙了。阿壯，你需要幫忙時，千萬別跟叔叔們客氣啊！」

柯叔叔一口氣喝光所有的咖啡，拍拍林壯壯的肩膀，離開了。

12

剛才林壯壯和柯叔叔的對話，引起樸勞的好奇。他離開披薩店，來到一個沒有人的角落，朝著變成手機的龍王呼，吹出一口龍氣。

「龍宮資訊室，您好！請問您是哪位？」手機裡傳出龍族語。

「蒲牢。」

「請說出專屬密語。」

「樸質無華，牢不可破。」樸勞用龍族語小聲的回覆。

「三少爺好，屬下編號〇九〇二，總管有要事外出，目前不在龍宮裡。請少爺稍等片刻，屬下為您連線。」○九○二的態度十分恭敬。

「不用找總管了。○九○二，可以麻煩你幫我查一件事情嗎？」樸勞低聲的說。

「請問是與音波有關嗎？總管已經交代過，關於音波任務的事，他已經向龍王稟報了，正在等龍王爺裁定，請三少爺稍安勿躁。」

「跟音波任務無關。我想要你幫我調查一個凡……一個朋友，林美美。」

「報告三少爺，雲端資訊室有嚴格規定，除非是與任務有關，否則不能私下調查、干涉凡人的任何事務。」○九○二的口氣顯得有些緊張。

「規定！又是規定！早上總管說龍王爺的規定，現在你又說資訊室的規定，你們到底煩不煩！」樸勞氣得頭頂冒煙，卻不敢大聲咆哮。

他氣呼呼的關上龍王呼，正想走回披薩店，龍王呼卻閃著詭異的紅色光芒，響了起來。

「又有什麼事？」樸勞沒好氣的打開螢幕。

螢幕上一片空白，傳出一個神祕兮兮的聲音：「三少爺，是我，〇九〇二。」

「啊？」樸勞一頭霧水的聽著。

「這是屬下私設的專線，能躲過龍宮的偵查天網大約三分鐘，所以屬下長話短說。屬下剛剛已經幫您把林美美的檔案傳到龍王呼的資料夾裡了，希望對三少爺有所幫助。」〇九〇二壓低聲音說。

「謝謝，可是你為什麼要這麼做呢？要是被總管發現，你會完蛋的。」樸勞為自己剛才的態度，感到不好意思。

「三少爺不用為我擔心，看到少爺們願意了解凡人、幫助凡人，屬下很感動，很榮幸有機會為少爺們服務。這是屬下私人的聯絡管道，以後有任何不合規定的需要，可以找我。」樸勞從〇九〇二的話語中，感受到一股熱情。

「謝謝你，我記下來了。對了，你叫什麼名字？」樸勞想知道這個膽敢違反總管規定的人是誰。

「三少爺，沒時間了。我私下幫大少爺寄了一樣東西給您，因為不合規定，所以用了其他的管道，請記得到床下拿……林美美……也傳給……鯨……嗶……」

〇九〇二還沒說完，通訊就斷線了。

龍王呼的資料夾裡出現一封未讀信件。

樸勞走回披薩店，加點了一份晚餐，繼續坐在剛才的座位上，打開龍王呼裡的文件，文件裡還附帶了一個影音檔。

林美美，十一歲，凡人。

父親為海洋生物研究員，專門研究海洋哺乳類。

母親為音樂教師，也是業餘創作歌手。

林美美九歲時，因重大車禍，失去雙親，從此左耳失去聽力、右耳聽力僅剩百分之三十。車禍過後一年才能開口說話，醫生判定為創傷後壓力症狀群。

目前林美美與哥哥林壯壯（十七歲）寄居遠房親戚家。

由於親戚時常言語諷刺、揶揄，林壯壯正努力打工存錢，希望年滿十八歲之際，爭取林美美的監護權……

樸勞沒看完就關掉了信件，抬頭看著滿天星斗，忽然覺得自己這段日子完全白過了。

他在凡間修煉的目的是幫助凡人，可是他卻連一個天天在身旁的小女孩都不了解，更不用說幫助她了。

「我到底在想些什麼？連美美身體上的差異、情感上的傷痛，都沒有察覺。沒有真心的關懷，怎麼可能幫助他們？難怪我一直無法收集龍神力……」樸勞為自己先前的表現感到沮喪透頂，他把玩著變回玉佩的龍王呼，剛剛覺得閃閃動人的淡藍色光芒，現在看在樸勞的眼裡，卻格外刺眼。

他為自己施了隱形咒，默默的坐在披薩店的角落。直到所有的燈都熄滅後，才悄悄的走向海豚區。

在空無一人的海洋公園裡，樸勞走過一區區大小不一的展示水槽，水槽裡的動物看他經過，有的好奇的睜大眼睛，有的則無動於衷繼續睡著。

樸勞忽然為這些海洋動物感到難過，「這些動物本該在廣闊的大海中自在生活，現在他們都被困住了，困在小小的水槽裡，就像我、美美和壯壯……」

「我要趕緊恢復神力，有太多事情要做，有太多人需要幫忙。」樸勞折了折手指，他想趕快完成眼前的任務。

再次確認四下無人後，樸勞快步跑向海豚表演區後方，運用少量的龍神力，對著鐵門上的鎖小聲一吼，音波立刻震碎鐵鎖。

14

鐵門裡一片漆黑，只有打氣的幫浦聲不絕於耳，樸勞將臉貼近飼養槽，卻什麼也看不見。

「粉紅色海豚你在嗎？粉紅色……」樸勞用氣音呼喚。

不久，一陣水波聲由遠而近，一隻銀色大海豚游了過來，隔著玻璃看了樸勞一眼，轉頭游走。

「喂！我要……」

「閉嘴！等待！」銀色海豚嚴厲的制止，讓樸勞閉上嘴。

「凶什麼！」樸勞在飼養槽前生悶氣，卻沒有離開。

幾分鐘後，遠處傳來一陣微弱的水波聲，粉紅色海豚終於出現在他面前。

「你終於來了。我是龍王三子蒲牢，你是誰？找我有什麼事？」樸勞有著滿籮筐的疑問。

「我知道你是誰，因為除了我們鯨王一族，只有龍族才聽得懂我們說的話，也唯有龍王的三兒子蒲牢，才能抵抗鯨王的實驗音波。真是久仰大名，我是鯨王族軍師——虹，請多多指教。」粉紅色海豚說話的方式不卑不吭，讓樸勞想起龍宮的總管叔叔。

「鯨……鯨族？那鯨王……他好嗎？」樸勞一聽到鯨族，不由自主的冒出一身雞皮疙瘩，牙齒也忍不住顫抖起來。

「謝謝您的關心，鯨王目前安然的在鯨王宮裡。」虹說話時，樸勞感受到他的疲憊，「龍皇子，我們需要你的幫助，再不快點就來不及了。」

「什麼來不及？」聽到鯨王不在，樸勞恢復了鎮定。

「請你拯救鯨王子和這座城市。」虹疲倦的說：「我不希望人類與鯨族發生戰爭，所以才冒著生命危險來到這裡。但是鯨王府有另一種聲音，主張立刻摧毀這座城市。」

「什麼？要摧毀城市？」樸勞驚訝的叫出聲。

「這也不能全怪他們，你還是慢慢聽我說吧，事情是這樣的……」虹緩緩的說出一件驚人的意外。

「三個月前，我們為了即將來臨的鯨王子成年禮，舉國歡騰。仁慈的鯨王爺老來得子，當年鯨王子出生時，全族已經歡慶了整整一個月。現在終於盼到王子順利成年的這一刻，大家更是欣喜若狂。我們鯨王族和龍王族不同，年幼的鯨王子跟普通的鯨魚沒兩樣。必須等到滿十六歲那天，鯨王才能賜予王子鯨族的神力。從那一刻起，王子才真正成為擁有神力，可以統治並保護海洋的鯨王一族。」虹說話時，眼中閃爍著喜悅與希望。

「我們王子跟龍族的王子一點也不像……咳、咳……」虹看樸勞一眼，清清喉嚨繼續說：「王子仁慈、有正義感，即使得到全族的寵愛，卻依舊謙恭有禮。能有這樣的王子，我們無比的感恩。」

虹忽然不再說下去，眼中的喜悅也蕩然無存，只留下黯然的悲傷。

「然後呢？」樸勞巨大的聲音在密閉的空間中迴盪，讓他有些尷尬，壓低聲量再問一次：「你們到底要我幫什麼忙？」

「上個月，鯨王子不理會鯨王的禁令，獨自游進了這座港口。他那一身純白的光芒，自然引來大批漁夫。我一得到通知立刻追了上去。等我找到王子時，王子已經被漁船團團包圍，魚網一層層網住他，將他往港口裡拖。我怕王子受到傷害，只好尾隨漁船。然後我們一起被送進這座海洋公園。」虹深深的嘆了口氣。

「可是，人類並沒有真的傷害你們，只要找機會再……」

「如果早幾年，你想的方法也許可行。但是，鯨王子如果不在十六歲生日當天獲得神力，將永遠只是一隻普通的鯨魚，鯨王已經年邁，健康狀態也一年不如一年，恐怕……」虹又嘆了口氣，繼續說：「唉，再過五天，就是王子十六歲的生日，五天內，你一定要將王子救出去，讓他回到鯨王宮，順利獲得神力。」虹充滿希望的看著樸勞。

「等一下、等一下，為什麼是我？你們的王子應該你們自己去救啊？」樸勞大叫。

「噓，小聲一點，有人來了。」

樸勞躲在陰影下，對準走進來的管理員，吹了一聲低音口

哨，管理員頓時失去意識，昏了過去。樸勞將管理員安置妥當後，發現那隻銀色大海豚游到了虹的身旁。

「你剛才問我的問題，就由王子的貼身護衛──銀，來告訴你吧。」虹示意身旁的海豚游向前。

大海豚狠狠的瞪著樸勞，充滿恨意的對樸勞說：「一切都是你的錯！」

16

面對大海豚的指控，樸勞既困惑又憤怒，「為什麼是我的錯？我什麼事都沒做！」

「王子要不是為了救你，怎麼會冒險游進人類的港口？」銀激動的用尾巴朝樸勞潑水。

「開什麼玩笑？我以小學生的身分修煉，難道會在海裡被魚網網住嗎？」樸勞躲過銀潑來的水花，氣呼呼的低吼著。

「那天我跟在王子身邊，一隻自稱蒲牢貼身護衛的龍蝦，前來向王子求救，說你被人類的漁網網住，命在旦夕。如果不是這樣，王子也不會不顧危險，游到港口去救你。」銀情緒愈發激動。

「我們九兄弟是被處罰才到人間修煉的，怎麼可能帶著貼身護衛？更何況，我們龍族怎麼可能找龍蝦當保鏢？真是笑死人了！」面對銀不停的指責，樸勞也跟著激動起來，「而且來這裡之前，我根本不知道你們的鯨王子被抓。」

「可是那隻龍蝦，拿著龍族的令牌……如果正如你所說，你為什麼要到海洋公園來？難道只是來玩？我不信！」銀依舊瞪著樸勞，但眼神已不再那麼肯定。

「我會來海洋公園，是因為龍宮要我調查怪異的音波，我才過來看看。沒想到卻遇到虹軍師，請我幫忙疏散人群，然後又要求我來找他。至於，那隻龍蝦和令牌的事，我會請總管查明。我說的都是實話，信不信由你。」

他們三個隔著玻璃無聲的對望。直到虹軍師開口打破沉默：

「我想，事情應該就如同蒲牢所說的，有人利用龍族的名義，讓王子掉進陷阱。龍王子蒲牢，從現在開始，我們鯨王族的事，已經與你無關了，真是抱歉這麼麻煩你。」

「軍師，王子他……只剩五天，如果蒲牢不幫忙，那……」銀慌亂的來回游著，「就算不是真的蒲牢來求救，王子確實是因

為想救他，才會……」

「銀！」虹軍師出聲大喝，慌亂中的銀立刻停止說話。

銀垂頭喪氣游到虹軍師身旁，「對不起，我只是想，如果龍王子願意幫忙，或許鯨王爺就不必動用最後手段了。」

「什麼是最後手段？」樸勞好奇的問。

虹軍師沒有回答樸勞，只是對著銀說：「為了拯救整個鯨王族，就算必須毀掉整座城市，也是沒辦法的，雖然我並不希望這樣。」

「你說的是……」樸勞問。

「鯨王府決定，如果五天內，我們無法救出王子，就要使用終極音波摧毀這座城市，再趁混亂之際，拯救王子。昨天的音波只是初步測試。五天後，就是最後期限。」銀搶先回答。

虹軍師嘆了一口氣，向樸勞解釋：「音波炮是種無形的武器，它造成的破壞卻十分恐怖。只要一發射，所有的電子產品都將失效，整個城市的玻璃，在瞬間化成碎片，破碎的玻璃成了傷害性武器，射殺所有在玻璃附近的生物。就算順利躲過玻璃碎片的攻擊，終極音波也將造成大腦的損害，抵抗力弱的動物立即暴斃，抵抗力較強的動物，會變得十分殘暴嗜血，接著互相殘殺啃噬，所有動物都無法抵抗，人類更不用說了。龍王子，這座城市是保不住了。你還是快離開，免得遭到波及。」

銀游到樸勞面前，低聲懇求著：「我總是心高氣傲、對人不太客氣，但是我誠心請求你，王子現在被關在右後方的飼養槽，希望你能幫我們救出王子，這座城市就不會……」

「不要勉強蒲牢王子了，龍王子你請回吧。這場鯨人之戰應該是無可避免了。」虹軍師朝樸勞擺了擺尾鰭，像在揮手道別。

銀跟在虹的身後，離開前，他回頭瞪了樸勞一眼，說：「懦夫！」

「我才不是懦夫！我蒲牢天不怕地不怕，等我向龍宮報告後，一定會將你們的王子送回鯨王宮！」樸勞最無法忍受別人譏笑他膽小，他一直是最勇敢的龍族三皇子。但是話一說出口，他就開始後悔了。雖然他很想救鯨王子，想讓這座城市免於攻擊，但是要他面對鯨王，真的是一件非常困難的事。

17

夜晚又黑又靜，幾條流浪狗在垃圾堆裡翻找食物。一輛疾駛而過的汽車，將馬路上的飲料罐撞飛，恰巧滾到樸勞跟前，樸勞根本無心理會這一切，因為他正沉浸在深深的懊悔中。

他懊悔為什麼要向龍宮總管要求任務；他懊悔剛才面對銀的激將法時，為什麼不能忍住。

「快想個好理由，快呀！」樸勞對自己說。

「我要準備音樂比賽，可能沒足夠的時間。」這理由未免太薄弱了。

「學校要考試了，沒時間……」不行，這個理由跟第一個一樣爛。

乾脆直接承認：「不行，我超級怕鯨魚，無法接受這個任務。」可是，我是天不怕地不怕的蒲牢，怎麼可以……到底該怎麼辦才好？

樸勞還在猶豫該用什麼說詞時，一陣強大的音波襲來。音波讓樸勞感到頭痛欲裂，他趕緊用龍族語念著：「天地澤被、風火雨雷、穹蒼之內、龍氣護衛。」

一個防護罩立即將樸勞籠罩其中，將音波抵擋在外。龍王呼也已經自動變成先進的智慧型手機。

「三少爺，你沒事吧？」總管一臉擔憂的出現在螢幕上。

「這音波是怎麼回事？」樸勞甩了甩頭。

「這個音波是鯨王府發射的。」總管輕聲細語解釋，彷彿

怕嚇到樸勞。

「期限不是還有五天嗎？為什麼現在就發出這麼強烈的音波？」樸勞用食指挖了挖耳朵。

「少爺！你知道？」總管驚訝的瞪大眼睛。

「對啊，我剛剛才和鯨王族的虹軍師談過，本來想回到住處後再向龍宮報告，沒想到就先遇到音波攻擊。」樸勞一邊回答，一邊想著該如何向總管推掉救鯨王子的任務。

「三少爺，我真是……真是太感動了。沒想到少爺在人間

短短幾個月就能如此成長，勇於面對自己的恐懼。」總管哽咽擦掉眼角的淚珠，「王爺當初還很擔心，怕這個任務無法交付給三少爺。看來我們是多慮了，太好了，真是太好了。」總管又用袖子擦掉另一邊的淚水。

「不是這樣的，總管叔叔，其實，其實我……我……」樸勞還沒說完，就聽見總管身邊警鈴大作。

「少爺，我馬上要隨老爺去跟鯨王爺交涉，希望他們能晚點對城市發動音波攻擊。若是真要攻擊，攻擊海洋公園就好，這樣可以減少許多傷害，也能達成他們的目的。少爺，任務方面，龍王已經答應交付給你，他希望你能好好表現。相信你一定能圓滿完成任務，我們等你的好消息。」總管臉上露出欣慰的笑容。

「總管，龍王爺請您快一點。」總管的身旁傳來另一個聲音。

「好的。請少爺按下龍王呼的右鍵，有關任務的所有資訊會立刻傳送給你。為了方便你執行任務，龍神力將全部歸還，請小心使用。還有，為了節省時間，當你救出鯨王子後，可以通知我們，我們會為你開啟一個小型超時空隧道。通過隧道，可以到達離鯨王府最近的龍王驛站。三少爺多保重啊！」總管的聲音還沒消失，螢幕已經熄滅。

這時，幾隻流浪狗，正流著口水衝向樸勞。

18

一隻黑色的流浪狗，帶頭撲向樸勞。樸勞深吸一口氣，朝著衝向他的狗群大吼一聲：「醒！」

聲波如同一陣狂風，使得狗群向後翻飛了好幾圈。狼狽爬起來的流浪狗，一臉茫然的左右張望，接著便夾著尾巴「嗚嗚嗚」的逃走了。

看著流浪狗逃離的背影，樸勞覺得有些羨慕，他也想一臉茫然的逃走，「要是能裝做什麼都不知道，該有多好……」

他嘆了口氣，將逃避的想法甩開。按下龍王呼的右鍵，「砰」的一聲，龍王呼變成附著耳機的眼罩。

他無奈的戴上眼罩，一邊讀著資訊，一邊緩步走回住處。

執行者：蒲牢

任務：五日內，救出鯨族王子，並護送王子回到鯨王府，完成成年禮。

道具說明

1龍王呼：隨時能與龍宮聯絡，取得所需的協助與資料。

2海洋噴射鞋：在海中以二分之一音速（約時速六百公里）前進，且能自

動避開所有障礙物。

3音波凝結強化器：能將蒲牢的聲音凝結成各種形狀，並強化聲波能量，可成為攻擊武器。

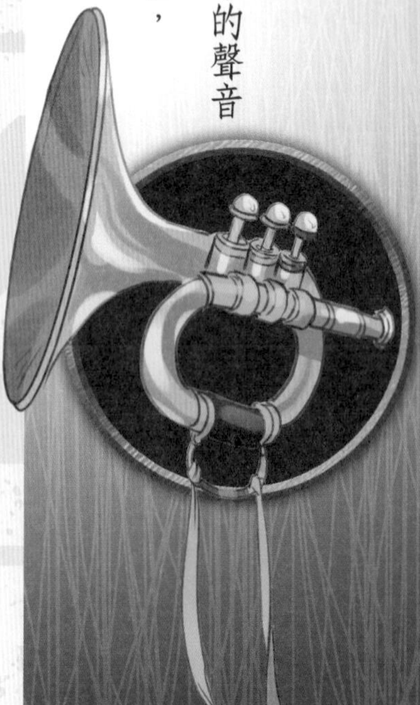

樸勞悶悶不樂的走回住處，發現床上放著一個大包裹，裡面有雙時髦亮麗的運動鞋，上面掛著牌子『海洋噴射鞋』，還附上一本使用說明書。另外還有一把像小喇叭的樂器，上面一樣掛著牌子和說明書『音波凝結強化器』。

「哼，這些研究員還真趕流行。」樸勞將東西放在一邊，彎腰從床底下拿出另一個小包裹，包裹裡是一雙皮手套。

一張小紙條從手套裡滑出，裡面用龍族文字寫著：

三弟：

這個皮手套灌注了我部分神力，只要戴上它，再重的東西也能輕易舉起，希望對你有所幫助。手套裡的龍神力用完時，〇九〇二會將手套回收。我會再次灌注龍神力，留給下一個需要的弟弟使用。

勇敢，並非無所畏懼。而是即使充滿了畏懼，依舊堅持往正確的方向前進。

以你為榮。　　大哥贔屭

看著大哥的信，樸勞忽然想起那段噩夢般的往事。那年，他剛滿一百歲……

19

蒲牢慶祝百歲生日時，大哥、二哥決定偷偷帶他到凡間遊玩慶生，為了避開龍宮天眼的監視，當時神力最強的大哥變成老鷹，二哥變成燕子，而他變成一隻小麻雀。他們飛越山林、湖泊、草原、甚至還遠眺了一座廣大無垠的沙漠。

當他們玩得正開心時，二哥自行發明的探測器發出刺耳的警報聲，「糟了，被發現了，快跳進海裡！」

二哥一說完立刻變成一尾魟魚，掉進海中。大哥朝著天空哈哈大笑，對著蒲牢說：「三弟，剛好帶你去參觀海龍宮，快跟上來吧！」說完，大哥馬上變身成鯊魚，落入海裡。

當時蒲牢沒有多想，就跟在大哥、二哥身後，變成一條小梭子魚，跳入水中，冰涼的海水托起他細小的身子，梭形的身體減少了海水的阻力，他的速度快得像炮彈一般，一會兒右、一會兒左、還能隨時自在的三百六十度翻滾。

他覺得海洋比天空更令他感到快活，大哥和二哥被他遠遠的拋在身後。就在他游累了，想回頭找大哥時，一股巨大的吸力，不停將他往後吸，剛剛還在他前面悠游的魚蝦，也一同被向後吸。那股拉力很強，不管他怎麼拚命往前游，還是一樣被強力漩渦般的吸力往後拉。

他好不容易將身體轉向，看到的竟是一張黝黑巨大的嘴，正將四面八方的海水和生物，全部一併吞入。

「糟了，我要快點變回龍形。」蒲牢想運用神力時，已經

隨著波浪，進入大嘴裡。

蒲牢像被巨浪沖進水道般，隨著其他魚蝦一會兒旋轉、一下子急速下滑，東撞西跌的來到巨大生物的肚子裡。

在一片漆黑的肚子裡，蒲牢試著使用龍神力將自己變回龍形，卻發現龍神力在這個生物腹中，完全失去效力。他只能和其他的魚蝦一樣，在強烈的臭味中不停來回的游著，希望能找出一條生路。

在一波波可怕的消化液攻擊中，身旁的夥伴不動了，在他眼前慢慢化成一堆堆白骨。

蒲牢從小就天不怕地不怕。但是在那一瞬間，他忽然了解什麼叫恐懼，深沉的恐懼從靈魂的深處冒出，將他牢牢捆住，讓他一動也不敢動，因為愈動愈容易沾到消化液，就愈快被消化掉。

他才剛滿一百歲，還有太多的地方沒去過，還有太多的事情沒經歷，他不想就這樣死在一隻不知名的巨獸體內。

「大哥！二哥！救我！」在他快失去意識的時候，忽然想起二哥在他身上裝的追蹤器，他用最後一絲力氣按下追蹤器的按鈕。

朦朧中，他感覺到一股力量，將他往上噴射，接著清新的海風迎面而來。昏厥前，看到恢復龍形的大哥和二哥衝向他。

後來，聽大哥說，他是被鯨王吞進肚子裡，因為是鯨王，所以龍神力才會失效。幸虧有二哥的追蹤器發揮作用，他們立刻請求鯨王爺將他噴射出來。

「再晚一點，你就完了。」二哥是這麼告訴他的，「下次

要研發自動發射訊號的追蹤器……」

雖然他們再也沒提起這件事，可是，蒲牢卻對鯨魚產生極度的恐懼。雖然經過了幾百年，那股恐懼依舊緊緊的跟著他。

「即使心中充滿了恐懼，依舊堅持往正確的方向前進……」蒲牢在心中一次又一次複誦著大哥的話。

20

最後期限一天天逼近，樸勞卻沒有採取任何救援行動，只是默默的數著日子，好像在等待末日來臨。

倒數第二天的早晨，樸勞無精打采的來到學校。一走進教室，就發現同學們異常的吵鬧，大家顯得非常興奮。

「樸勞，你怎麼穿這樣？而且還揹書包來！」班長對著他大叫。

「有什麼不對嗎？」樸勞懵然的看著其他同學。

「什麼？你該不會連今天要做什麼都不知道吧！」一向最討厭樸勞的風紀股長誇張的吼著。

就算全班都盯著他看，樸勞的腦袋裡，只出現代表倒數的「2」，卻想不起任何跟學校有關的事。

「真受不了你。林美美，你去跟你的夥伴說清楚，不要讓他又丟光我們班的臉！其他人坐好，等老師開完晨會，我們就要出發了！」風紀股長將火氣轉移到其他同學身上。

樸勞看著林美美，小聲的問：「要出發去哪裡？」

「你真的不記得今天要音樂比賽？」林美美小聲的問。

「我知道啊，可是，要去哪？」樸勞還是想不起任何出遊的訊息，「美美，對不起，最近家裡有些事，所以我……」樸勞想解釋卻找不出適當的理由。

林美美淡淡一笑，拿出一張通知單：「你一定也沒給家長看吧。」

「這是什麼？」

「因為海洋公園上星期發生海豚事件，遊客大量減少。他們為了向市民證明安全無虞，所以免費請附近幾所學校去玩。今天還讓我們學校使用大舞臺，舉辦音樂比賽。我哥的學校也是今天去喔。」

林美美每說一句話，樸勞臉上的血色就消失一分。他明知道躲避不了，

卻一直故意忽略、拖延。沒想到最後命運卻是用這種方式，逼他面對。

林美美忽然「噗哧」一聲笑了出來：「雖然我也很怕上大舞臺表演，可是，你看起來簡直就像遇到鬼似的，呵呵呵。」

林美美的笑聲，化成樸勞心中的吶喊，然而再大的吶喊也無力阻止大家興奮的往海洋公園出發。

海洋公園的廣場上擠滿了來自不同學校的學生，大家興奮的又笑又叫。樸勞恍恍惚惚的跟著人群走進海洋公園，除了他之外，每個人都笑得合不攏嘴。

「龍吟國小的小朋友，進場後，先往左手邊走，在大舞臺前集合。我們要先排好位置，誰敢先跑去玩，回學校就……」學務主任用麥克風大聲吼著。

樸勞跟在林美美後面，才剛走進表演區，胸口的龍王呼便傳來強烈的震動。

「你看起來真的很緊張，不要緊吧？」林美美擔心的問。

「我一緊張就會肚子痛，我先去廁所。」樸勞摀著肚子大叫。

「廁所在外面，出去向右轉，你沒事吧？」林美美還是很擔心他。

「沒事，沒事。」樸勞邊喊邊衝向廁所。

一踏進廁所，龍王呼同時發出強光。總管的臉孔被投射在廁所的牆上。

「三少爺，緊急事件，任務取消！今天一早，因為不明原因，鯨王子生命跡象變得很不穩定。鯨王府臨時決定提前發動攻擊。」總管發現自己的口氣太過緊張，清了清嗓子後，恢復溫和有禮的口吻說：「不過，鯨王府接受我們的建議，只攻擊海洋公園。鯨王府的終極音波，將於三分鐘後抵達，請少爺先離開海洋公園，趕快進入你身後的瞬移光圈，通往安全的城市避難。」

「什麼？攻擊海洋公園？」樸勞大叫。

「對，這座遊樂園已經沒救了，第一道終極音波快到了，這裡的一切將在幾分鐘後毀滅，請少爺快進瞬移光圈，到別的城市避難。」總管不再壓抑慌張的情緒，對著樸勞大叫。

「不！這一切都是因為我一直拖延任務，才會變成這樣。而且我的朋友全都在這裡，我不會讓他們受到傷害。這是我的任務，我要完成它！」聽到整座海洋公園即將毀滅，樸勞卻變得異常冷靜。

「總管叔叔，請立刻幫我在海洋公園上空下大雨、颳大風，讓所有的遊客躲進這個表演場地。也請雷公幫我一起抵抗部分音波。拜託你了，我不會讓他們毀了這裡！」樸勞說完，即刻將所有龍神力灌入全身，化身成青少年跑出廁所。

21

一衝出廁所，樸勞立刻從廁所旁的鐵梯爬上屋頂，再從廁所的屋頂跳到大舞臺的帳篷上。他剛跳上帳篷頂端，大雨就毫無預警的落下，原本晴空萬里的天氣，瞬間烏雲密布、雷聲大作。他從上往下俯瞰，遊客們驚慌的衝進表演區的帳篷躲雨。

「太好了，還來得及。」樸勞正準備為表演場地設下防護罩，卻看到林美美撐著一把小花傘跑出帳篷，傾盆大雨中，那把小花傘在男廁所的外面停留。

樸勞聽見林美美的叫聲：「樸勞，你的肚子好點了嗎？下好大的雨喔，我在外面等你。」

「呆瓜，快進去！你這樣子，我怎麼設防護罩？」樸勞想下去警告林美美，龍王呼卻傳來緊急的倒數計時聲：

「第一道鯨王音波三十秒後到達，二十九、二十八……二十五……」

「林美美，快回去帳篷裡！」

「轟！」一聲響雷干擾了樸勞的叫聲。

「十九、十八、十七、十六……」林美美依舊站在男生廁所外面。

「可惡！」樸勞不再往下走，他奮力的頂著風雨，爬上帳篷最頂端，一手抓住避雷針，一手擋在眼睛上方，防止雨水落進他的眼睛。

他果真看到，遠方一道音波如千軍萬馬般從海中竄出，朝

著海洋公園撲殺過來。

他沒有時間思考，用龍語低聲念著：「天地澤被、風火雨雷、穹蒼之內、龍族顯威——皇子蒲牢，靈動現身！」

龍語一停，樸勞周圍冒出淡藍色煙霧，煙霧中樸勞現出原貌——龍王三兒子——蒲牢，一隻秀氣的小龍。

樸勞站在帳篷頂端，正視著迎面而來的音波，「放馬過來吧！休想傷害我的朋友！」

等待音波到來的樸勞，用眼角餘光往下看，發現林美美的小花傘旁多了一把粉紅色的大傘。

「放心，你的小女朋友，有虹軍師護著，早上鯨王爺特別交代，無論如何一定要保護好林家兩兄妹，你還是先專心對付音波吧。」樸勞一回頭，發現身旁站著一位高壯的男子。

「你是？」

「專心！音波來了！」高壯的男子指向前方。

一把音波巨刀已經迎面殺來。

22

當音波巨刃摧毀海洋公園外圍的防坡堤時，樸勞將龍神力全數集中在丹田，「八方音韻、皆聽我令、聲如洪鐘、石破天驚、蒲牢驚天吼，吼——」樸勞用盡全身的力氣，對著音波大聲怒吼。

兩股音波在空中碰撞，產生巨大的震波，將海洋公園裡的露天陽傘和桌椅全數震飛，飼養槽的強化玻璃，瞬間裂出蜘蛛網狀的裂痕，只有大舞臺安穩的屹立在大雷雨中。

雨依舊猛烈得下著，風仍然強勁的颳著，然而，鯨王府發出的音波被樸勞的聲波撞歪前進方向，衝向海灣的另一端，打中遠方的三座燈塔，燈塔立刻化成粉塵，在風雨中消失不見。

「沒想到，你這麼厲害，可以震歪鯨王府的第一道終極音波。」陌生男子看著消失的燈塔說。

樸勞才想張口，只覺得胸口一熱，一口鮮血從嘴裡吐出，接著感到一陣暈眩，從帳篷上滾了下去。

樸勞在落地前，已變回青少年模樣，那位陌生男子將樸勞穩穩接住，「蒲牢，你還好吧？」

「我沒事，你是？」樸勞擦掉嘴角的鮮血，尷尬地從陌生男子身上下來。

「我是銀。我們一早就接到鯨王府的通知，說要提前發動攻擊。為了避免海洋公園被終極音波攻擊，軍師決定不等你，自行採取救援行動，可惜我們失敗了。」銀氣憤的捶打自己的

手掌。

「虹軍師呢？」樸勞想走進帳篷，卻被銀阻止。

「軍師帶林美美進表演場了，他現在化身成節目主持人，軍師說他會保護這些遊客，尤其是鯨王特別交代照顧的林家兩兄妹，要你放心。現在當務之急是快去救王子。」

「為什麼鯨王要特別保護美美和壯壯？」樸勞不懂，鯨王怎麼會這麼關心美美和壯壯。

「咦？不是你請人寄了一份密件給鯨王嗎？鯨王好像認識他們的爸爸……」銀著急的對樸勞說：「不要管那些了。快！我們只有一個小時的時間，第二道音波比第一道更強，但是，要一個小時後才能再次發射。」

「一個小時嗎？我想應該夠了。」樸勞朝著天空張開嘴，

讓大量的雨水沖進他灼熱的喉嚨，接著，拍拍銀的肩膀，「好吧，讓我們去把王子救出來，結束這一切吧。」

23

樸勞和銀隔著強化玻璃，看到飼養槽裡有隻虛弱的白色小鯨魚。幾個穿著雨衣的工作人員，正準備拿不明物質餵食小鯨魚。

「可惡，想餵王子吃什麼？看我先殺了你們！」銀激動的想衝過去，卻被樸勞阻止。

「等等，我認識其中一位，讓我先問問。」樸勞認出那位和林壯壯聊天的柯叔叔。

「柯叔叔，這隻小鯨魚怎麼了？」大雨滂沱中，樸勞大聲叫著。

「不知道牠吃了什麼東西，早上幾乎快沒氣了。還好劉醫師為他打針解毒，現在正準備餵牠吃藥。你是誰？怎麼會認識我？」柯叔叔一邊說明，一邊扳開鯨魚的嘴，將幾顆藥丸丟進嘴裡。

「喔，我是壯壯的同學。我迷路了，

剛好走到這裡……」樸勞正準備解釋，卻發現柯叔叔和助理們全都一個踉蹌，倒向一旁。

「跟他說那麼多做什麼？救出王子要緊，這些凡人只會礙事。」銀舉起手指，指尖充滿法力。

樸勞急著阻止：「別傷害他們，讓他們記憶消失就好。」

「可是……」

「銀，不准傷人。」一個微弱聲音傳來，讓銀激動不已。

「王子，你沒事？」

「要感謝這幾個人，他們從昨晚就不眠不休的照顧我。」

小鯨魚緩慢的游向樸勞和銀。

「王子，要不是這些凡人給你注射不明藥物，你怎麼可能這麼虛弱。」銀指著坐在大雨中呼呼大睡的柯叔叔說。

「我會昏迷，是昨晚有人在我的水裡，加了不明藥劑。臨走前，那個可惡的龍族，還在我耳邊低語：『在你臨死前，我就告訴你，你是死在誰的手上，我是龍王子蒲牢，我最恨鯨王族，要讓你們永遠消失。』」

「什麼？」銀和樸勞不約而同大叫。

銀一把抓起樸勞的衣領，對著他怒吼：「你！」

樸勞一個轉身，從銀的手中掙脫，「你瘋了嗎，那根本不是我！」

「銀，不准對這位小兄弟這麼無禮。」鯨王子虛弱的指責銀。

「他就是龍王子蒲牢，就是他想害死你！」銀狠狠的瞪著樸勞，隨時準備大打出手。

面對翻臉不認人的銀，樸勞雖然想好好解釋，卻也做好隨時應戰的準備。

「銀，昨晚那個人，不是他，咳咳咳……」鯨王子才一開口，就咳個不停，接著還吐出許多穢物，然後昏了過去。

「王子！王子！」銀驚慌的拍打著強化玻璃帷幕。

「你這樣拍打是沒用的，你先跳進水槽裡，護住王子，我要將這片玻璃擊碎。」樸勞交代銀的同時，按下龍王呼右鍵，用龍族語命令：「傳送道具！」

空中立刻出現一雙淡藍色球鞋、淡藍色小喇叭，球鞋裡還塞著一雙皮手套。

「快去！」看到王子的狀況，銀顧不得剛才的劍拔弩張，聽到樸勞的命令，立刻躍入水中。

銀將少許神力輸入王子的額頭，王子漸漸甦醒過來。接著銀拿出一條銀色帶子，將王子綁在自己的背上。銀對樸勞比了OK的手勢後，便帶著王子遠離玻璃圍牆。

樸勞使勁發出短而有力的叫聲：「喝！」強化玻璃上立刻產生蜘蛛絲般的紋路，紋路由中央向四周快速擴散。

趁裂痕陸續增加的空檔，樸勞對著龍王呼說：「雲端資料室，請開啟小型超時空隧道，讓我送鯨王子到最接近鯨王府的龍族驛站。」

「啪！」一聲巨響後，強化玻璃中央破了一個大洞，水流從洞口奔流而出。

「銀，快帶王子出來！」樸勞朝著飼養槽裡大叫，卻只聽到模糊不清的回應。

等到水槽裡的水幾乎要流光時，樸勞才看見失去水浮力的銀，正吃力的彎著腰，背著鯨魚王子，一步一步往洞口挪動。

樸勞趕緊戴上大哥給的皮手套，走向銀和鯨王子，「讓我來吧。」

雖然樸勞對自己的力氣沒有自信，卻是十分信任大哥。果真，當他將轎車般大小的鯨王子抱起時，就像抱著小娃娃一樣輕鬆。

「快，跟我來！」樸勞抱著鯨王子，直接衝進超時空隧道裡。

25

一進入冰涼的海水，銀立刻變回海豚，他朝著海底呼喚了起來。尖銳的海豚音由近而遠，一直傳向大海深處。

「我已經傳話給鯨王府了，不用多久，就會有人來迎接我們。王子，我們現在先慢慢往前游吧。」銀興奮的向鯨王子報告。

「龍子蒲牢，感謝你的救命之恩。等我回到鯨王府，一定會請父王好好答謝你。」鯨王子對蒲牢點了點頭，便隨著銀往深海游去。

「等等，你的身體這麼虛弱，還是由我先陪著你們吧。等到鯨王府的人來接應，我再離開。」蒲牢追了上去，攙扶歪歪倒倒的鯨魚王子。

「王子，你看，鯨王府的侍衛來接我們了！」銀興奮的指著從海底出現，往他們衝過來的魚群。

「那，我就告辭了。祝你順利……」蒲牢話還沒說完，就聽到銀大叫：「不對，那些魚的游法很奇怪。蒲牢，可以請你先帶王子躲進旁邊的岩縫中嗎？等我確認後，再出來。」

蒲牢和鯨王子才躲進岩縫，魚群已經來到眼前。

這群魚十分詭異，眼珠全黑，上下顎不間斷的咬著。再仔細一看，有些魚的身體只剩下骨頭、有些魚的腸子露在外面，蒲牢不禁打了個冷顫。

「是殭屍魚……」鯨王子睜大眼睛，輕聲的對蒲牢說：「

我以為殭屍魚是鄉野謠傳，沒想到竟然是真的。」

銀奮力的用尾巴掃掉所有想咬他的殭屍魚，但是被掃掉的殭屍魚立刻咬向別處，銀身上的咬痕愈來愈多，最後幾乎被淹沒在殭屍魚群中。

「滾！」一陣銀色強光從殭屍魚群中爆開，銀侍衛身穿銀白色鎧甲，手持銀白色長槍。長槍在殭屍魚群中穿梭揮舞，將魚群打得四分五裂，

可是，殘破不堪的魚群，依舊往銀身上咬去。

「蒲牢，快帶王子回王宮……」銀的身影再次被淹沒在殭屍魚群中。

「蒲牢，你走吧。我不會把銀一個人留在這裡。」鯨王子深吸一口氣，奮力從岩壁裡游出去，用自己的身軀衝撞魚群。

「我走？你們也太瞧不起我了吧，我乃龍王三皇子，蒲牢是也！這些小魚小蝦，我豈會放在眼裡？」接著，蒲牢大喝一聲：「讓開！」

他將噴射鞋的馬力調到最高，腳底立刻出現兩條長長的噴射水柱。他把自己當成軸心，開始高速旋轉，瞬間漩渦在蒲牢四周出現，隨著旋轉的速度加快，漩渦的規模也愈來愈大。最後，形成一道巨大的海底龍捲風，殭屍魚一隻隻被捲進龍捲風裡，他們隨著水流不停的旋轉，從外面看起來，彷彿一道由魚群組成的巨大龍捲風。當殭屍魚全被捲入其中，蒲牢在龍捲風中央放聲大吼：「哈！」他每吼一聲，聲波就化成一條光蛇，無數條光蛇跟著龍捲風一起旋轉、一起舞動，碰到音波光蛇的殭屍魚，全被震得粉碎。

當蒲牢停止吼叫和旋轉時，海龍捲消失不見，海裡猶如下了一場大雪，雪白的粉末紛紛墜落。

「如果我不知道這是什麼，我會跟你說：『真美啊……』不過，既然我知道是一群殭屍魚的屍體粉，我們還是快走吧，省得我吐出來。」全身是傷的銀對蒲牢豎起大拇指，哈哈大笑的說。

「沒錯，我們快走吧！」蒲牢扶著銀游向鯨王子。

鯨王子卻一臉嚴肅的看向海底深處，「或許沒有我們想的那麼順利……」

大量的黑色龍蝦正從海底冒出，朝著蒲牢一群人游來。

「那又是什麼？」蒲牢大聲的問。

「不知道。但是我確定，絕對不是歡迎我回家的隊伍。」

蒲牢看了傷痕累累的銀一眼，對鯨王子說：「現在我們不適合繼續作戰。我想龍蝦的速度應該追不上我們，我們趕緊繞道離開吧。」

「我知道這附近一條岩縫中的密道，雖然要花費比較長的時間，但是絕對安全。」銀指著不遠處，一個不起眼的小洞。

「你瘋了嗎？那個洞那麼小，你們家王子這麼肥，一定會卡得死死……」蒲牢察覺自己太沒禮貌，趕緊住口，卻又忍不住笑了出來。

「哈哈哈，你說的沒錯，我真的太胖了，回去後，銀，你可要督促我好好健身啦。」鯨王子呵呵笑得眼睛瞇成一條細縫。

「銀，你從密道回王府去搬救兵，我和蒲牢躲在岩縫中等待。快去！」鯨王子揮揮尾巴，示意銀快走。

「等等，銀，從密道到鯨王府需要多久？」蒲牢一邊緊盯著愈來愈靠近的黑色龍蝦，一邊皺著眉問。

「游快一點，大概要兩個小時。」銀也盯著那群黑壓壓的龍蝦回答。

「也就是說，等我們抵達鯨王府時，他們已經發射好幾次鯨王音波了。這樣不行，這個計畫根本行不通！」蒲牢說話的同時，龍蝦大軍已經來到眼前。

「轟隆！轟隆！」龍蝦所到之處，只要有東西碰到他們，龍蝦便產生自爆。

「會爆炸的龍蝦？」蒲牢驚訝的看著銀和鯨王子。

「我也沒看過這種龍蝦，你呢？」鯨王子搖頭，看著銀。

「我曾聽過一些傳聞，有些四處旅遊的魚族曾向鯨王府報告，龍族將一群惡魔龍蝦放進海洋中，所到之處破壞殆盡、焦黑一片，鯨王曾派出偵查兵去調查，但是毫無所獲。看來這就是傳言中的惡魔龍蝦了。」銀回答時刻意迴避蒲牢的目光。

「不可能，絕不是龍族！」鯨王子搶在蒲牢抗議前大叫，「龍族沒有理由做這樣的事。這個謠言應該和假裝蒲牢被抓，誘使我到港口；還有在海洋公園裡冒充蒲牢，對我下藥的是同一夥人。這群人似乎想利用我和蒲牢來挑起龍族和鯨族的戰爭。不管為了什麼，我確定他們是失敗的。」

蒲牢感激的拍拍鯨王子的背，「還好你相信我。這些人太可惡了！我要想辦法抓幾隻惡魔龍蝦回龍宮，好好研究，看到底是誰想陷害我們。」

蒲牢朝身旁的礁岩用力一槌，沒想到整座礁岩移位，壓爆許多最靠近他們的惡魔龍蝦。

看到龍蝦爆炸的模樣，蒲牢叫了起來：「我有好辦法！」

27

蒲牢脫下噴射鞋，讓銀穿上，再將大哥的手套交給銀，「你穿上噴射鞋，抱住王子，應該可以很快抵達鯨王府，請他們不要再發射音波炮。」

「你也一起走就好，我會抓牢你的。」銀戴上手套，試試抓力，滿意的點點頭。

「不行，那些該死的龍蝦，會把我們炸成灰燼。你放心，它們就交給我了。銀，我會幫你們開出一條路，請抓準時機，順著路一路衝回去！」

「你要我們先逃，留你一個人作戰？我絕不答應！」鯨王子義憤填膺的說。

「不！是我拜託你們回去阻止音波炮，別再說了，一切就拜託你們了！」蒲牢將鯨王子推向銀，「手套裡還有我大哥少量的神力，力大無比，危急的時候再用，你們快走吧，我會撐到你們抵達。」

蒲牢拿出小喇叭形狀的音波凝結強化器，大聲念著：「蒲牢一怒、音波成珠、龍珠亂舞、邪魔讓路！」

他對著喇叭口大聲吼叫，每叫一聲，增強器的另一端就出現一顆音波珠，大大小小的音波珠，成千上萬的飄浮在蒲牢面前。

「不！要走我們一起走！銀，放開我，這是命令！」鯨王子想從銀的臂膀中掙脫，卻徒勞無功。

銀對蒲牢微微點頭，大聲的說：「蒲牢，這份大恩情，我銘感五內，只要有機會，我一定粉身碎骨為你效命！」

蒲牢對銀使了一個眼色，大叫：「別這麼說，我們當個朋友就行了。準備，要衝了！」

「音波珠，目的地——鯨王府，衝！」蒲牢怒吼一聲，音波珠隨蒲牢的指揮，朝著惡魔龍蝦飛奔而去。音波珠一遇到龍蝦，龍蝦立刻爆炸，被炸碎的音波珠形成一顆顆較小型的音波珠，繼續往前衝。

銀緊緊抱住鯨王子，跟在音波珠的後面，一路狂飆，轉眼間，蒲牢已經看不到他們的身影了。

蒲牢看著劇烈的爆炸，心裡有說不出的舒暢，笑著對音波珠下達最後的命令：「音波高昂、蕩氣迴腸、本大爺蒲牢、天下第一棒！音波珠，立破！」

所有的音波珠，瞬間爆裂，將龍蝦大軍全數炸得粉碎。

蒲牢開心的放聲大笑，卻沒發現身後已經聚集數十隻，從岩縫中冒出來的殭屍魚，朝蒲牢逼近。

「唉唷，好痛！」殭屍魚從背後咬住蒲牢，鮮血從背後流出。

他想伸手去抓，卻怎麼也抓不到，反而被咬傷雙手。殭屍魚尖銳的牙齒，狠狠的插進蒲牢的肉裡，無論怎麼使勁甩，就是甩不掉。他拿起音波增強器往背後揮，只揮掉其中幾隻，卻有更多的殭屍魚從岩縫中冒出來攻擊他。

蒲牢痛得眼前發黑，直覺用背部往岩壁撞去，幾次撞擊之後，殭屍魚終於被撞得稀爛。

蒲牢靠在岩壁上，大口喘著氣，「可惡，竟敢偷襲我。」

這時，蒲牢從岩壁上看到好幾道巨大影子，在他的上方徘徊，竟然是幾隻巨大的鯊魚，正貪婪的看著他。

「今天是什麼日子？運氣這麼背！」蒲牢用龍語低聲的念著：「天地澤被、風火雨雷、穹蒼之內、龍族顯威——皇子蒲牢，靈動現身！」

樸勞變回小龍的模樣，向大鯊魚們挑釁：「不要以為我沒有道具，就會怕你們，本大爺最厲害的武器是我的大嗓門！」

大鯊魚衝向蒲牢，他輕輕一閃，用手抵住鯊魚側身，放聲一吼，「喝！」，鯊魚像被震傻了似的，呆了五秒後，甩甩頭立刻游開。

另一頭鯊魚趁機從身後撲咬過來，蒲牢一回頭，對準鯊魚又是一吼：「喝！」這頭鯊魚也是一愣，然後再次游開。

後面幾隻也是如此，他們似乎不急著吃掉蒲牢，只想用車輪戰消耗蒲牢的體力。

雖然蒲牢用神力讓背後的傷口癒合，不再流出鮮血，但是鯊魚並沒有離開的徵兆，他只好不停對著鯊魚吼叫，終於在無數次怒吼後，蒲牢嘴裡噴出鮮血。

鯊魚一聞到血味，就像蜜蜂聞到花香一樣興奮。相較於鯊魚的興奮，蒲牢卻再也叫不出任何聲音，疲憊的他只想閉上眼睛，可是心裡卻出現大雨中那把小花傘。

「如果我不回去，美美就要一個人上臺唱歌，她一定會很害怕。我怎麼可以讓她一個人，我答應要帶她一起上臺。」蒲牢提起最後一口氣，忍痛咬破口腔內壁，讓嘴裡的鮮血聚集。

等到鯊魚一靠近他，立刻將大口鮮血噴向第一隻鯊魚，然後用力一蹬將鯊魚踢開，再利用反作用力，讓自己躲進狹小的岩縫中。其他的鯊魚，果真如蒲牢所料，和那隻沾滿血的鯊魚互相撕咬起來。

「躲在這裡雖然安全，可是會來不及去音樂比賽……」這時，蒲牢看到遠處出現另一個超時空隧道。

一個熟悉的身影從裡面竄出，那人雙手各抓起一隻鯊魚，再將牠們互撞後，往遠處甩去，「你們別想欺負我弟！」

蒲牢忍不住哭出來，用幾近無聲的嗓子叫著：「大哥！」

他游出岩壁和大哥並肩作戰，沒兩三下，就趕跑了鯊魚。

他看著大哥吹出一個泡泡，將一隻卡在岩縫中的殭屍魚包住，泡泡一破殭屍魚也跟著消失。

「大哥你……」蒲牢握住大哥的手，眼淚卻依舊止不住。

「三弟，你別說話，先聽我說。我請〇九〇二偷偷的送我過來，現在我必須馬上離開，不要讓其他人知道我來過。我抓一隻回去研究，有些事現在不方便跟你說，你自己要多小心，有事可以透過〇九〇二跟我聯絡。」贔屭說得又快又急，這時他的龍王呼裡傳出一個聲音：「大少爺，鯨王爺快到了，龍宮的天眼也快遮不住了。」

贔屭用力的抱了抱蒲牢：「你表現得太棒了，大哥以你為榮，加油！」說完，贔屭轉身跳入他來的那個超時空隧道裡，消失不見了。

這時，蒲牢身後響起一個溫暖的聲音：「龍王子蒲牢，你長大了，我們鯨王一族真的要好好感謝你啊。」

巨大的鯨王帶領著大群的鯨族游向疲憊不堪的蒲牢。蒲牢

並沒有因此鬆了一口氣，反而嚇得每一寸肌肉都在尖叫：「快跑，鯨王來了！」

但是，他並沒有跑開，「面對他！面對自己的恐懼！」他在心裡對自己大叫。

當鯨王緊緊握住蒲牢傷痕累累的手時，一股暖流傳遍蒲牢全身，他感到好疲倦、好放鬆。

「鯨王，請不要傷害海洋公園裡的人。」

鯨王笑咪咪的對著他點頭，「放心吧。好好睡一覺，讓我在你的在夢裡告訴你所有的事情。」

鯨王的手一放開，蒲牢立刻沉沉的睡去。

29

蒲牢發現自己身在夏日黃昏的海邊。

六歲的林美美正蹲在海岸邊，稚嫩的聲音和陽光一樣的燦爛：「爸爸，剛剛那隻大鯨魚怎麼了？」

身旁瘦高的男人溫和的摸著美美的頭，「大鯨魚的氣孔被塑膠袋堵住了，這樣牠就無法呼吸，可能會死掉。」

「你幫牠拿掉了嗎？」

「是啊，我幫大鯨魚拿掉塑膠袋，也剪開纏住牠尾巴的流刺網。」瘦高的男人也蹲了下來，指著海洋遠方，「美美，你看，牠在噴水向我們說謝謝喔。」

「那，我們是好朋友了嗎？」小小的美美爬上爸爸的背，往遠處眺望。

「當然，你們已經是很好的朋友了。鯨魚的記憶很好喔，牠一輩子都不會忘記你。」爸爸背著美美，爬上堤防。

「美美，你會忘記牠嗎？」

「才不會呢，我的記憶比大鯨魚更好。我要唱歌送給大鯨魚，讓牠永遠記得我。」美美在爸爸背上，對著遠處揮舞著小手。

「好啊，我們一起唱歌，送給大鯨魚。美美想唱什麼？」

爸爸背著美美轉了一圈。

「唱媽媽昨天教的新歌〈勇氣〉，因為大鯨魚好勇敢喔，都沒有哭，所以我要唱〈勇氣〉送給牠……」

陽光在爸爸的臉上閃耀著，美美的笑容比陽光更燦爛，他們溫暖的歌聲，如一條細線串起了回憶與愛。

「那條鯨魚就是我。」蒲牢忽然發現身旁站著一位福態的中年人。

「嗯，所以你才會請虹軍師去保護美美和壯壯。」蒲牢點點頭。

「那天看到你寄來的影音檔案，我感到十分難過與慚愧，身為鯨王族的王，竟連救命恩人的孩子都無法保護，讓他們受到這麼多苦難。」鯨王爺嘆了口氣，拍拍蒲牢的肩膀，「謝謝你之前為我照顧他們，你回龍宮後，就由我來照顧他們吧。我決定要出面收養他們，並買下海洋公園。鯨王族將不再一昧的躲避人類，該學學你們龍族，找個能彼此好好相處的方式。」

「誰說我要回龍宮？」

「你救了我們鯨王子，難道還不能結束凡間的修煉？」

「我還想留在凡間多學學、多看看，我發現凡人是個很有趣的族群。」蒲牢和鯨王爺，兩個人四目相對後，竟然同時哈哈大笑。

「那你快去，美美很擔心你。我們合力讓他們兄妹的幸福人生，有個最棒的開場吧。」鯨王爺笑瞇了眼，朝蒲牢頭上一點。

夢就醒了。

30

「樸勞，你怎麼這麼慢？下一個就輪到我們了。」林美美站在後臺，臉上全無血色。

樸勞想開口安慰她，卻發現發不出任何一絲聲音。

「現在請最後一組參賽者——樸勞和林美美上場。」

樸勞牽起美美顫抖的手，一步步走上舞臺。

音樂響起，他拿著麥克風，嘴巴一張一合的唱著，卻一點聲音也沒有。站在一旁的美美驚訝的望向樸勞，眼神裡充滿擔憂。樸勞無奈的對她聳聳肩，指了指喉嚨，然後露出苦笑。

臺下開始鼓譟，「不會唱下臺啦。」

「樸勞你也會怯場喔。」

「好爛，直接最後一名！」

這時，林壯壯從人群中抱起吉他，跑上臺來。

「哥，樸勞他沒有聲音了。」美美快哭了。

「不怕。哥陪你們一起唱。」壯壯的吉他聲卻掩蓋不住臺下的喧鬧，樸勞將神力輸入麥克風，清脆的吉他單音立刻響徹全場，一陣溫柔的和弦讓大家都安靜下來。

美美閉上眼睛唱了起來，她的歌聲像一條發光的細線，將聽眾的心一顆顆串起來，一開始有人跟著吟唱，接著愈來愈多人跟著合唱，最終成了全體大合唱。

樸勞看到化身為中年人的鯨王，默默擦拭眼角的淚水後，朝空中一揮手，整個會場頓時變暗，舞臺上方幻化成一片湛藍

的海洋，一大一小兩隻鯨魚正優雅的游入會場。

美美看到大鯨魚，忍不住小聲叫了出來：「是爸爸救的那隻鯨魚！」大大的淚珠如斷線的珍珠一顆顆從眼中落下。

大鯨魚彷彿聽到美美的聲音，對著美美拍打尾巴，並噴出泡泡般的七彩水花。

「哇！」臺下爆出一陣陣驚呼聲。

樸勞牽起壯壯和美美的手，用他所能發出的最大聲音，和所有人一起合唱出歌曲的最後一句：「就算前方困難重重，還是要勇敢微笑向前。」

這時，雨後的陽光透過後方的彩繪玻璃灑落進舞臺，七彩光芒在他們的臉上閃爍著、閃耀著，幸福跟著勇氣一起悄悄降臨。

龍族英雄〔蒲牢〕
暗黑深海的呼喚

Púláo

作　　者：陳沛慈
繪　　圖：楊雅嵐
總 編 輯：鄭如瑤
文字編輯：許喻理
美術編輯：張雅玫
印務主任：黃禮賢

社　　長：郭重興
發行人兼出版總監：曾大福
出版與發行：小熊出版・遠足文化事業股份有限公司
地　　址：231 新北市新店區民權路 108-2 號 9 樓
電　　話：02-22181417
傳　　真：02-86671065
劃撥帳號：19504465
戶　　名：遠足文化事業股份有限公司
客服專線：0800-221029
E-mail ：littlebear@bookrep.com.tw
讀書共和國出版集團網路書店：http://www.bookrep.com.tw
Facebook：小熊出版

印　　製：凱林彩印股份有限公司
法律顧問：華洋國際專利商標事務所／蘇文生律師
初版一刷：2016 年 11 月
定　　價：250 元
ISBN：978-986-93834-0-0

國家圖書館出版品預行編目（CIP）資料

龍族英雄〔蒲牢〕：暗黑深海的攻擊／作者：
陳沛慈；繪圖：楊雅嵐 --初版. --新北市新店區
：小熊出版：遠足文化發行,2016.
面；　公分.

ISBN　978-986-93834-0-0（平裝）

859.6　　　　105019432

小熊出版讀者回函

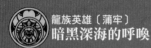